Johann Friedrich Jünger

Der Strich durch die Rechnung

Ein Lustspiel in vier Aufzügen

Johann Friedrich Jünger

Der Strich durch die Rechnung
Ein Lustspiel in vier Aufzügen

ISBN/EAN: 9783743647817

Hergestellt in Europa, USA, Kanada, Australien, Japan

Cover: Foto ©Andreas Hilbeck / pixelio.de

Weitere Bücher finden Sie auf **www.hansebooks.com**

Der Strich durch die Rechnung.

Ein Lustspiel in vier Aufzügen, von J. F. Jünger.

Aufgeführt im kaiſ. königl. Nationaltheater.

Wien,
zu finden beym Logenmeiſter.

Personen.

Obrist von Hitzig.
Henriette, seine Tochter.
Charlotte, seine Nichte.
Karl, sein Sohn.
Assessor von Brand.
Johann, Karls Bedienter.
Nettchen, Kammermädchen des Fräulein.
Conrad, Aufwärter im Gasthofe.
Ewald, ein alter Wachtmeister.

Die Scene ist in einem Gasthofe in der Stadt, im letzten Auftritt des dritten Aufzugs vor einem Wirthshause an der Landstraße.

Erster Aufzug.

Erster Auftritt.

(Die Scene ist ein gemeinschaftlicher Saal mit Seitenthüren.)

Charlotte kommt in einem geschmackvollen Negligee aus einem Seitenzimmer eilfertig heraus; Nettchen läuft ihr mit dem Hute in der Hand nach; Charlotte stellt sich ans Fenster und siehet nach der Strasse.

Nettchen (vor sich, nachdem sie eine Weile hinter ihr gestanden.)

Nun wahrhaftig, ich glaube, sie vergißt heute den Kopf! — (laut) Gnädiges Fräulein! — der Hut! — umsonst! sie hört und sieht nicht! — die verzweifelte Liebe!

Charlotte (immer noch nach der Straße gewandt) Muß er nicht dort unten herauf kommen, Nettchen?

Nettch. Je, wer denn, gnädiges Fräulein?

Charl. (wie oben etwas unwillig) Wer? Wer? Dummes Ding! der Assessor Brand!

Nettch. (vor sich, beleidigt) Nun, da haben wirs! gleich geschimpft! — (wirft den Hut auf den Tisch) So mag sie sich auch den Hut selbst aufsetzen! (will gehen)

Charl. (freundlich) Sage, muß er nicht diese Straße herauf kommen, Nettchen?

Nettch. (kehrt hurtig wieder um) Ich weiß es wahrhaftig nicht, gnädiges Fräulein! Sie wissen ja, daß ich selbst zum erstenmal hier bin.

Charl. Wenn er nur erst zu mir kommt, ehe er zum Onkel geht!

Nettch. Ja freylich wird er das, wenn er nur ein Fünkchen Lebensart — Liebe wolt ich sagen, hat.

Charl. (vor sich) Hm! aus Liebe wirds hoffentlich wohl nicht geschehen! (immer zum Fenster hinaussehend)

Nettch. (vor sich) Du lieber Himmel! was das für eine Ungeduld ist! Sie wird ihn doch Zeit genug zu sehen kriegen! (laut) Aber gnädiges Fräulein, wollen Sie denn den Hut nicht aufsetzen?

Charl. (wie oben) Bist du nicht gescheut? Soll ich denn mit zwei Hüten gehen? (fühlt auf den Kopf) Sonderbar! dachte ich doch wahrhaftig, ich hätte ihn schon auf!

Nettch.

Nettch. Je ja doch! ich laufe Ihnen schon seit einer halben Stunde damit hinterdrein!

Charl. Nun so gieb! — Hurtig! — er mögte kommen! (sieht immer, indem ihr Nettchen den Hut aufsetzt, zum Fenster hinaus) Mache geschwind! da kommt er wahrhaftig! — Hurtig, lauf und bitt' ihn, daß er erst hier herein kömmt.

Nettch. Gleich, ich will nur noch hier eine Nadel hineinstecken.

Charl. Laß nur! laß! er ist fest!

Nettch. Sie verlieren ihn wahrhaftig!

Charl. Netschen! ich werde böse!

Nettch. Nun, ich laufe ja schon. (läuft ab)

Charl. (allein) Wenn ich nur erst diesen Stein vom Herzen los habe! — Er wird doch nicht des Henkers seyn, und sich von meinen 80,000 Thalern blenden lassen? Denn aus Liebe nimmt er mich gewiß nicht. Ich müßte mich sehr irren, oder er ist in meine Cousine geschossen! — Da kommt er! — nun frisch gewagt.

Zweyter Auftritt.

Charlotte, Assessor.

Assessor (tritt sehr verlegen herein) Verzeihen Sie, gnädiges Fräulein! — Sie haben befohlen — daß ich Ihnen aufwarten sollte.

Charl. (scherzhaft) Ey, ey, schlimm genug, wenn sich ein Liebhaber erst so etwas muß befehlen

len lassen! — Setzen Sie Sich, Herr Assessor! — ohne Umstände, ich bitte! — Sie wissen die Ursache, weswegen mich mein Onkel nach der Stadt gebracht hat: vermöge des Testaments meines Vaters sollen und müssen wir uns einander heirathen, wenn ich nicht drey Vertheile meines Vermögens verlieren will.

Assessor (mit einem Seufzer) Ja, gnädiges Fräulein, das weiß ich!

Charl. (vor sich) Dieser Seufzer schmeckte eben nicht nach Liebe! Bravo! Nur weiter! — (laut) Nun muß ich Ihnen sagen, lieber Assessor, daß auch ich meinen kleinen Eigensinn habe, so gut, wie mein Vater den seinigen hatte. So habe ich mir zum Exempel vorgesetzt, daß mich der Mann, dem ich meine Hand reiche, von ganzen Herzen und ohne alle Zurückhaltung lieben muß. Finden Sie diesen Vorsatz nicht vernünftig?

Assessor. Recht sehr vernünftig, mein Fräulein! — (vor sich) Wo will das alles hinaus?

Charl. Sie werden es also auch sehr vernünftig von mir finden, daß ich, ehe ich Ihnen meine Hand gebe, zu erfahren wünschte, ob Sie mich wirklich so lieben, wie ich von meinem Manne geliebt seyn mögte?

Assessor. (vor sich) Was soll ich ihr sagen? (laut) Mein Fräulein —

Charl. Die Frage ist ernsthaft, Herr Assessor! — antworten Sie mir ohne Umschweife — Ja oder nein?

Assess.

Assessor. (äusserst verlegen) Mein gnädiges Fräulein — Ihre Reitze — Sie sind so liebenswürdig — wenn mein Herz — Sie besitzen so viel Verstand — in der That, ich würde —

Charl. (lachend) Wahrhaftig, Sie reden da so konfus, wie ein ächter Liebhaber! Man muß schlechterdings ein Frauenzimmer seyn, um aus diesem Galimathias klug zu werden — aber ohne Scherz — finden Sie nicht, daß es der abgeschmackteste Einfall war, den mein Vater nur immer haben konnte, ein solches Testament zu machen?

Assessor. (mit einem grossen Seufzer) Ja wohl! — (aufspringend vor sich) Teufel! da hab ich mich schön verschnappt!

Charl. (in die Hände klopfend) Bravo! bravo! Das wollt ich eben hören! — Aber was fehlt Ihnen denn? warum stehen Sie denn auf?

Assessor. Es ist nichts, mein Fräulein! — mein Degen hatte sich ausgehackt!

Charl. (lachend) Nun, dem Uebel kann bald abgeholfen werden! Setzen Sie Sich also immer wieder zu mir, denn ich habe Ihnen noch mehr zu sagen — Ich weiß Ihnen Ihre Aufrichtigkeit Dank, lieber Assessor!

Assessor (ihr freudig die Hand küssend) Wie großmüthig sie sind, mein theures Fräulein!

Charl. (schalkhaft) Ey, ey! was das für ein Entzücken ist! Sollte man doch glauben, Sie wären außerordentlich froh, daß Sie meiner zu so gutem Preise losgeworden sind. — Aber in

That, ich denke, mir geht es fast eben so! — Nicht, daß ich Ihre Verdienste nicht einsäh —

Assessor. (schnell) Auch ich bin von Ihren liebenswürdigen Eigenschaften vollkommen überzeugt—

Charlotte. Sie sind ein vernünftiger, artiger Mann —

Assessor. Der Mann, der Ihre Hand erhält, kann nicht anders als glücklich seyn.

Charl. Freundschaft und Achtung hab' ich für Sie, so viel Sie wollen, aber — (etwas langsamer) keine Lebe!

Assessor. Ich würde stolz seyn, wenn ich mich Ihren Freund nennen dürfte.

Charl. (reicht ihm die Hand, die er küßt) Nicht nur nennen, lieber Assessor, auch seyn — Aber in der That, da haben wir einander eine ganze Menge der schönsten Komplimente vorgesagt, und die schöne Zeit so unverantwortlich verdorben, die wir besser hätten anwenden können! — Also topp! wir wollen Freunde seyn! Und um sogleich den Anfang mit unserer Freundschaft zu machen: Sagen Sie mir doch, lieber Assessor, warum Sie mich nicht lieben? Ich lasse es mir gern gefallen, daß Sie mir einen Korb geben, ich möchte aber auch wissen, weswegen Sie mir ihn geben?

Assessor. (verlegen) Ich kann Ihnen wirklich so eigentlich nicht sagen —

Charl. Soll ich rathen, Herr Assessor? — Ihr Herz ist nicht mehr in Ihrer Gewalt! —

Assessor. (betroffen) Da wissen Sie wahrhaftig mehr, gnädiges Fräulein, als ich selbst.

Charl.

Ein Lustspiel.

Charlotte. Pfui doch! das ist ja wider unsre Abrede! Freunde müssen keine Geheimnisse für einander haben! — Aber ich sehe wol, ich muß Ihnen auf halben Wege entgegen gehen: Ich will Ihnen die Geliebte Ihres Herzens nennen, weil Sie es nicht thun. Meine Cousine Henriette — (der Assessor wird noch betroffener) Nun, nicht wahr, ich hab es errathen?

Assessor. Weil Sie es denn einmal wissen, gnädiges Fräulein — ja, Ihre liebenswürdige Cousine hat mein Herz auf ewig gefesselt. Sie war das einzige Frauenzimmer auf der Welt, die mich gegen die Reize der schönen Charlotte unempfindlich machen konnte.

Charlotte. Ich danke für das schöne Compliment.

Assessor. Aber wie in aller Welt haben Sie meine Liebe zu ihr erfahren, gnädiges Fräulein?

Charlotte. Wie ich sie erfahren habe? Wenn ihr Verliebten nur nicht so schlau seyn woltet! Ihr seufzet und liebäugelt, und lächelt und tändelt, daß einem angst und bange wird, und Ihr wollt, daß alle die, die um euch herum sind, blind und taub seyn sollen? Ich hab es wol gemerkt, als Sie lezthin in Brombach waren; Ihr Besuch solte eigentlich mir gelten; Ja, wenn Ihnen Henriette nicht in den Weg gekommen wäre! Sehen Sie, was ich für Gründe hätte, mit Ihnen zu schmollen? Aber ich verzeihe Ihnen! Ich will noch mehr für Sie thun: Ich will Ihnen sogar sagen, daß meine Cousine Ihnen wohl will

— Aber denken Sie ja nicht, daß sie mir den Auftrag dazu gegeben hat! Ich sage Ihnen das blos für mich.

Assessor. Sie entzücken mich mein Fräulein! welche Verbindlichkeiten bin ich Ihnen schuldig!

Charlotte. Mir ganz und gar nicht, Herr Assessor! Es müßte denn seyn, daß ich Sie von der Nothwendigkeit dispensire, mich zu heirathen. (Assessor küßt Charlotten die Hand, indem er seinen Arm um ihren Leib schlägt.)

Assessor. Sie sind muthwillig, mein Fräulein!

Dritter Auftritt.

Vorige, Obrist.

Obrist. (Der Charlotten und den Assessor in dieser Stellung findet, tritt mit einem großen Gelächter herein, der Assessor fährt zurück.) Ha ha ha! immer frisch dran Kinder! das geht ja vortreflich!

Charl. (mit verstellter Verlegenheit) Aber wissen Sie auch, lieber Onkel, daß es gar nicht hübsch ist, einen so zu überrumpeln?

Obrist. Ei was; das Ueberrumpeln ist alten Soldaten so eigen, wie den Mädchens das Putzen! (zum Assessor) Nun, was stehen Sie denn dort im Winkel, als ob ich Sie auf einem falschen Spiele ertappt hätte? Schämen Sie Sich nicht! immer näher! Sie sind doch einmal Bräutigam, und also

brauchen

brauchen Sie Sich nicht zu schämen, daß Sie verliebt sind; denn jeder Mensch muß wenigstens einmal in seinem Leben einen dummen Streich machen, das ist nun so in der Regel. Kommen Sie, geben Sie Ihrer Braut einmal einen recht derben Kuß, daß ich's sehe. (Der Assessor steht eine Weile ganz schüchtern da.)

Charlotte. (lacht und geht einmal bei ihm vorbei, nach einer Pause) Lieber Onkel, er will nicht.

Obrist. Zum Henker er muß! — zieren Sie Sich nicht Herr, oder das Donnerwetter — wie ich in Ihren Jahren war, da hätte mir einer so was heißen sollen! — (schleudert den Assessor nach Charlotten zu) Ei, so machen Sie doch! (Assessor küßt Charlotten, welche heimlich lacht.) Nun, so lasse ich mirs gefallen.

Vierter Auftritt.

Vorige, Henriette.

Obrist. Nur eine Minute eher hättest du kommen sollen, Jettchen! wie sie sich geküßt haben! wie ein paar Turteltäubchen! — Aber eben so gut, daß du nicht da warst! — du hättest mir auch etwa können Appetit kriegen, und soll mich das Donnerwetter — ich hätte nicht gleich Rath gewußt; denn dein Graf Ramsdorf ist noch in Frankreich! — ha ha ha! wenn du den Spas mit angesehen hättest! wie ich dem Assessor habe zureden müssen, eh ichs so weit brachte, daß er Charlotten ein Mäulchen gab.

Henriette. (schnell.) Sie haben ihm zureden müssen, lieber Papa?

Obrist. Ja freilich! Er that, als könnte er nicht Drey zählen, der Duckmäuser der! und wenn er mit ihr allein ist, da zählt er wol bis hundert! Nicht wahr, Charlotte?

Charl. Ich weiß nicht, was Sie damit sagen wollen, lieber Onkel!

Obrist. Du weißt nicht? Nun so weiß ich wol auch nicht, daß er dich vorhin im Arm hatte, als ich euch überrumpelte, wie du sagtest?

Henr. (betroffen) Er hatte sie im Arme?

Obrist. Ja, und so zärtlich, wie die Schäfer, die auf deinen Fächer gemahlt sind. Und sieh nur, wie er jezt dort stehet, und am Huthe zupft! — Aber, ich glaube gar, er sahe dich an, so außer sich ist er! Soll mich das Donnerwetter! Der Mensch ist so verliebt, daß er gar nicht weiß, was er thut! Er sah dich vermuthlich für Charlotten an. (auf Charlotten zeigend) Hieher müssen Sie hübsch gukken, mein scharmanter Herr Koridon! — ha ha ha! was er für Gesichter schneidet! als ob er die Kolik hätte! Nun ja doch, ich gehe ja schon, und schicke nach dem Notarius. In einem halben Stündchen soll er da seyn; so lange wirds doch wol Zeit haben? (geht aus vollem Halse lachend ab.)

Fünfter

Fünfter Auftritt.

Charlotte, Henriette, Assessor.

(Henriette steht mit niedergeschlagenen Augen an der einen, der Assessor an der andern Seite, Charlotte in der Mitte. Stumme Pause, worin Charlotte bald Henrietten, bald den Assessor lächelnd ansieht. Auf einmal nimmt sie seine Hand, führt ihn zu Henrietten hin, legt deren Hand in seine, sieht beide an, schlägt ein lautes Gelächter auf, und hüpft zur Thür hinaus.)

Sechster Auftritt.

Henriette, Assessor, (der immer noch Henriettens Hand fest hält)

Henriette (die Charlotten voll Verwunderung nachsieht.) Aber sagen Sie mir doch, was das heissen soll, Herr Assessor?

Assessor. Was das heissen soll, schöne Henriette? — daß Charlotte, die großmüthige Charlotte in mein Glück willigt, daß Sie mir erlaubt, Sie zu lieben.

Henr. Brauchen Sie denn dazu erst Charlottens Erlaubniß?

Assessor.

Assessor. Ei freilich! Haben Sie das Testament vergessen, das Charlottens Vater gemacht hat?

Henr. Ja so! das verwünschte Testament! — Aber was wollen wir denn nun machen? — O Jemine! Sie drücken mir ja die Finger entzwei! — Nun, nun, erschrecken Sie nur nicht! (indem sie ihre Finger besieht) Es ist nicht einmal ein blauer Fleck — (giebt ihm die Hand wieder) da! ein wenig können Sie immer drücken, aber nur nicht so arg!

Assessor. (bey Seite) Allerliebste Unschuld! (laut) was wir nun machen wollen, liebe Henriette? Uns lieben und das Uebrige dem Schicksal überlassen.

Henr. Wenn nun aber das Schicksal nicht will, wie wir wollen?

Assessor. So müssen wir zur Geduld unsre Zuflucht nehmen.

Henr. Ach! da wird uns die Zeit abscheulich lang werden. — Aber sagen Sie mir, lieben Sie denn meine Cousine nicht?

Assessor. Können Sie das fragen, da ich das Glück hatte, Sie kennen zu lernen.

Henr. Und meine Cousine liebt sie auch nicht?

Assessor. Nein, theuerste Henriette!

Henr. Je, das ist ja allerliebst! — Ich dachte wirklich vorhin, Charlotte wolte sich nur einen Spaß mit mir machen, als sie Ihnen meine Hand gab, denn sie thut das manchmal. Freilich, bin ich nicht so klug, wie Charlotte, aber dafür bin ich auch erst seit 3 Monaten aus der Kostschule, und bin noch nicht so viel in der großen Welt gewesen, als sie. Je nun, was nicht ist, kann noch werden. Nicht wahr, Hr. Assessor?

Assessor. Bleiben Sie so, wie Sie sind, englisches Mädchen! und Ihre Unschuld wird es immer mit dem feinsten Verstande und Witze der erfahrensten Damen aufnehmen können.

Henr. Ja, das denk ich auch. Aber jezt muß ich wieder zu meinem Vater, er möchte sonst fragen, wo ich so lange gesteckt habe. Ich sehe Sie doch bald wieder? (in einem zutraulichen Tone) denn ich bin recht gern bei Ihnen. (geht ab)

Assessor. (indem er ihr nachsieht) Englische Unschuld! — O Ihr Weiber, die Ihr immer auf Kunstgriffe studiert, uns zu fangen: hört doch auf, Koketten zu seyn! und wenn Ihr ja maskirt seyn wollt und müßt, so nehmt die Maske der Unschuld, und, alle Herzen werden Euch zufliegen! (ab)

Siebenter Auftritt.

(des Lieutenants Zimmer.)

Johann. (allein)

Wo mag er nur wieder die ganze Nacht gesteckt haben? Schon 10 Uhr, und er ist noch nicht nach Hause! — das ist wahr, so eine wüste Fliese, wie mein Herr ist, muß es gar nicht geben — aber

aber bei alle dem der honetteste Kerl auf Gottes Erdboden! Brav wie Alexander, und locker wie Epikur: Ich kenne zwar die beiden guten Herren nur dem Namen nach, aber ich habe doch immer gehört, daß Alexander ein braver Soldat, und Epikur ein lustiger Bruder war. — Ja so! einpacken sollt ich ja! — Je nun, mit den paar Lumpen will ich bald fertig seyn! — (holt einen Mantelsack, alsdenn eine alte Uniform und etwas Wäsche; — indem er den Mantelsack öfnet.) Nun, komm her, du, unser alter treuer Gefährte in Freude und Leid! daß wir dich in deinen alten Tagen mit zu großen Lasten beschweren, das kannst du nicht sagen, wenn du ehrlich und aufrichtig seyn willst! Es war unser Fehler nicht, als du noch jung warst! — Das ist wahr, eine kompendiösere Bagage, als meines Herrn seine, kann es bei der ganzen Armee nicht geben. Alles in nuce, wie mein Schulmeister sonst zu sagen pflegte. Wenn er seinen Ueberrock über die Uniform zieht, so hat er seine ganze Garderobe auf dem Leibe! — wer kömmt denn da?

Achter Auftritt.

Johann, Conrad. (trägt ein Fläschgen Malaga, und einen Teller mit Brod.)

Conrad. Einen schönen guten Morgen, Herr Johann.

Johann.

Johann. Sieh da! unser politischer Conrad.

Conrad. Da bring ich das Frühstück für den Herrn Lieutenant! —

Johann. Könnte wol auch das Abendbrod heißen, denn er hat vermutlich noch nicht zu Nacht gegessen.

Conrad. Noch nicht zu Nacht gegessen? Früh um 10 Uhr? he he he! er spaßt!

Johann. Ja, Genies wir wir, binden uns an keine Tageszeit und Stunde — Sez nur her! — Aber poz tausend! du hast dir ja ein recht elegantes Tuppee gemacht! — Alle Wetter! Laß dich doch einmal besehen! — (dreht ihn herum) Du siehst ja aus wie ein Bräutigam! —

Conrad (lacht voll Selbstzufriedenheit.) Ja sieht er, Herr Johann, wenn man so schöne Gäste im Hause hat, da muß man doch ein wenig reputierlich einhergehen.

Johann Ei freilich! — aber wer sind denn die schönen Gäste?

Conrad. Je, die Herrschaft, die gestern Abend hier angekommen ist. Ein Offizier mit ein paar allerliebsten Fräuleins.

Johann. So? — Nun die Fräuleins wirst du doch nicht mit deiner Vergette erobern wollen?

Conrad. Hehehe! Die Fräuleins nun eben nicht. Aber, merkt er nichts, Hr. Johann?

Johann. Was soll ich denn merken?

Conrad. Sie haben ein Kammermädchen mitgebracht — ach, Herr Johann! wenn er sie sehen

hen solte! — ein schmuckes, scharmantes Dingelchen!

Johann. Das wäre! Ei, ei, die sticht Monsieur Conraden in die Augen?

Nettchen (ruft hinter der Scene.) Conrad! Conrad!

Johann (tritt in die Thüre, und macht ein großes Compliment.) Unterthänigster Diener, mein schönes Kind! — (zu Conrad) Sapperlot, Conrad, du hast Recht (zur Thür hinaus.) Wollen Sie sich nicht hier herein bemühen? Conrad ist hier.

Nettchen. (zur Thür herein.) Der Herr Obrist will Chocolade haben, und ich kann im ganzen Hause niemand finden.

Johann. Wollen Sie sich nicht ein wenig niederlassen?

Nettchen. Ich danke recht sehr, ich bin nicht müde. (ab.)

Conrad. Nun, Hr. Johann? hab ich recht?

Johann (sieht ihr nach zur Thür hinaus) Sapperlot! das Mädchen hat ein niedliches Füßchen!

Conrad. O, und ein paar Augen im Kopfe! und ein paar Potschgen! — aber jetzt muß ich gehen, und die Chocolade bestellen. (ab.)

Neunter Auftritt.

Johann, hernach Karl.

Johann. Hm! daß mein Herr auch gerade jetzt fort will! warum aber gerade jetzt? — warum? weil die Gelder alle sind, vermuthlich! — Schicksal! was bist du für ein kauderwelsches dummes Ding! zehn ganzer Tage liegen wir schon hier in dem verdammten Neste, und keine Meerkatze hat sich sehen lassen, und jetzt, da wir fort wollen — wahrhaftig, es wird mir unterweges kein Bissen schmecken! — Ich dächte, ich probirte es eben sowol noch hier — Ja das will ich — (ergreift ein Stück Brod) Aber trocken? — das kann mein Herr unmöglich verlangen (nimmt das Fläschgen) Ich muß wenigstens dem hübschen Kammermädchen ihre Gesundheit trinken, das ist doch am Ende alle Ehre, die ich ihr jetzo vor der Hand erweisen kann. Nun, auf deine Gesundheit, Lieschen, Katrinchen, Hanchen, Mückgen, Rösgen, oder wie du heißt! (thut einen herzhaften Zug) Ach das schmeckt! Nun muß ich doch auch meines Herrn Gesundheit trinken! —

Carl. (der ihm die Flasche wegnimmt) Reciproce! (er trinkt)

Johann (mit einem Bückling) Ei, gehorsamer Diener! Befehlen Sie, daß ich mehr holen soll?

Carl. (giebt ihm die Fläsche.) Nein, da trink vollends aus! — aber was Henker! da ist ja alles ausgeräumt —

Johann (trinkend) Alles eingepackt, und die Pferde stehen schon seit 2 Stunden gesattelt.

Carl. Die Pferde gesattelt? wozu denn?

Johann (trinkend) Je nun, zum Wegreiten.

Carl. Schafskopf! wer will denn wegreiten?

Johann. Wenn Sie nicht wollen, ich bleibe auch hier — Aber Sie sagten ja gestern Abends ehe Sie hier weggiengen —

Carl. Ja, ich sagte es gestern Abends, weil ich nur acht ruppiche Dukaten im Beutel hatte, die kaum zureichten, die Zeche hier im Gasthofe zu bezahlen; aber jezt, da ich zwey hundert und vierzig habe, jezt sage ich, wir bleiben hier. (wirft einen Beutel auf den Tisch.)

Johann. Amen! — Bravissimo! — Kann ich doch wieder auspacken (reißt alles wieder aus dem Mantelsack heraus, indem er die Börse nimmt und die Dukaten besieht) Je, je, ihr närrischen Dingelchen! wie habt denn ihr euch einmal zu uns verirrt? Es ist doch sonst eure Art nicht.

Carl. Die Coeur Dame war so klug, mir ein Trentleva zu gewinnen!

Johann. Ei! einen klügern Einfall hätte die brave gute Dame gar nicht haben können! — Inzwischen ist es billig; die Damen haben uns bisher so vieles Geld gekostet: eine davon muß uns doch unsern Verlust in etwas wieder ersezzen.

Carl.

Carl. A propos, Johann! ich habe hier im Hause ein allerliebstes Mädchen entdeckt! —

Johann. Haben Sie? — (vor sich) daß dich das Wetter! daß er auch die Augen überall haben muß!

Carl. Es ist ein Mädchen zum Fressen! Ich möchte wol Bekanntschaft mit ihr machen.

Johann. Möchten Sie? — (vor sich.) Ja, ja! daß wir armen Bedienten nichts für uns behalten können!

Carl. Aber zum Teufel! Kerl! was willst du denn mit deinen verdammten einsilbigen Antworten? (nachspottend) Haben Sie? mögten Sie?

Johann. (verdrüßlich.) Aufrichtig, gnädiger Herr! wir leben nun schon seit 10 Jahren, wie Brüder, theilen Freud und Leid mit einander: aber bis hieher, haben Sie mir doch meine Mädchen für mich allein gelassen. Sollte es denn nun einen ehrlichen Kerl nicht kränken, wenn ihm sein Herr das Seinige so vor dem Maule wegschnappt? das heißt bei meiner Seele die Freundschaft zu weit getrieben!

Carl. Kerl! sprichst du malabarisch oder chaldäisch?

Johann. Gutes reines deutsch! Kaum hab ich das hübsche Kammermädchen auf dem Korn, so kommen Sie, reißen mir die Flinte vor der Nase weg, und wollen sie für Sich schießen.

Carl. Das hübsche Kammermädchen? Bist du toll?

Johann. Ja, ja, es ist ein Kammermädgen. Wir wollen gleich hören: Haben Sie dem Mädgen, wovon Sie reden, nicht vorhin hier auf dem Gange begegnet?

Carl. Ich habe keiner weiblichen Seele begegnet.

Johann. (freudig.) Ah, wenn das ist, da bin ich zu Ihrem Befehle!

Carl. Als ich vor einer halben Stunde dort die Straße herauf kam, sah ich ein allerliebstes Mädchen am Fenster stehen! sie schien auf Jemand zu warten, denn sie sah sehr aufmerksam auf die Straße herunter. Es stund ein Affengesicht hinter ihr, das einen Huth in der Hand hatte; vermuthlich dein hochgelobtes Kammerkätzchen?

Johann. Dergleichen anzügliche Redensarten verbitt ich mir.

Carl. Ich gieng sogleich auf das Kaffehaus hier gegen über, ließ mir ein Frühstück geben, und stellte mich ans Fenster: eine ganze Viertelstunde lauerte ich umsonst; aber dann kam sie wieder zum Vorschein, und ich fiel ihr sogleich in die Augen.

Johann. O das glaub ich! Eine Uniform thut bei dergleichen Gelegenheiten immer Wunder.

Carl. Ich sah mir die Gelegenheit ab, und machte ihr mein Compliment.

Johann. Und sie war doch so höflich und dankte?

Carl. Aufs freundlichste. Sie nahm ein Buch, und — schielte immer darüber weg nach mir.

Johann O wozu wären aber auch die lieben Bücher den meisten Frauenzimmern nütze, wenn sichs nicht darüber wegschielen ließe?

Carl.

Carl. Kurz, Johann, wir haben die lange Zeit so mit einander scharmirt, daß es eine Lust war.

Johann. Nun? Und das Ende vom Liede?

Carl. Und das Ende? Narr! wer wird sich denn ums Ende bekümmern, wenn der Spas kaum angegangen ist? So lange meine Dukaten währen, bleibe ich hier, und so lange ich hier bleibe, muß ich doch einen Zeitvertreib haben, das siehst du doch wol ein?

Johann. Ei, freilich! Sie werden Sich mit dem Fräulein und ich mit dem Kammermädgen die Zeit vertreiben; nicht mehr als billig; dazu sind wir ja auf der Welt; wahrhaftig, Madam Fortuna ist recht artig, daß sie uns jezzo gerade 240 Stück Dukaten und ein paar hübsche Mädchen in den Weg führt! — Ich bin in den 10 Tagen, seitdem der Friede publicirt ist, fast für langer Weile gestorben! da lobe ich mir den Krieg! da giebts doch noch für einen ehrlichen Kerl Zeitvertreib die Menge! Kommt man in eine feindliche Stadt oder Dorf, Juchhe! da muß Bürger und Bauer aufwixen, daß es eine Lust ist! Alles was Beutel, Küche und Keller vermag! und die närrischen Dingelchen von lieben Mädchen sind auch dann alle so zahm, wie die Lämmerchen! aber sobald es Friede ist, dann werden sie gleich alle so scheu, so spröde; sie machens einem so sauer! — Solten Sie wol glauben, das Kammermädgen wollte sich vorhin nicht einmal bei mir niedersetzen. O wenns Krieg wäre, und wir lägen auf Einquartirung hier, ich wette darauf, sie hätte es näher gegeben.

Carl. Meinst du? Man muß es nur recht anangen! Für einen gescheuten Kerl ist Krieg und Friede einerlei. Und desto rühmlicher, wenn der Sieg Mühe kostet. Aber jezt muß ich meine Opefrationen wieder anfangen. — Johann, wenn was vorfällt, ich bin hier gegenüber auf dem Kaffeehause! (ab)

Johann. Man muß es nur recht anfangen? — Ja es hat sich was! wenn man nur wüßte, wie? Doch, das wird sich schon geben — Jezt will ich gehen, und meine Pferde wieder absatteln, denn die armen Thiere müssen nicht darunter leiden, wenn ihre Herren auf die Mädchenjagd ausgehen. — (pathetisch) Und alsdann will ich auch meine Operationen wieder anfangen! (im Abgehen) wenn etwas vorfällt, ich bin hier unten im Stalle.

(ab.)

Zweiter

Zweiter Aufzug.

Erster Auftritt.

(Carls Zimmer.)

Carl sizt an einem gedeckten Tische und hat eben seine Mahlzeit geendigt. Johann steht bei ihm.

Carl. (aufstehend)

Da Johann, laß abnehmen, ich esse nicht mehr!
Johann. Aber zum Henker, gnädiger Herr! Sie habens ja kaum angerührt. Wahrhaftig, ich verkenne Sie ganz, seitdem Sie von dem verwünschten Kaffeehause wieder zurück sind. Hätte ich Sie nicht die ganze Zeit über drüben am Fenster sitzen sehen, wirklich, ich glaubte, die Pique Dame hätte Ihnen etwa wieder verloren, was die Coeur Dame gewonnen hat; denn es soll immer so der Weiber ihre Art seyn, daß die eine wieder nimmt, was die andere giebt.
Carl. Kannst du denn nicht einmal ernsthaft seyn?
Johann. Ha ha ha! das wäre bei meiner See-

le das erstemal seit 10 Jahren, daß wir mit einander ernsthaft sprächen.

Carl. Johann, ich bin meiner bisherigen Lebensart von Herzen satt.

Johann. Ey wenns weiter nichts ist, das bin ich auch.

Carl. (spöttisch) Wie bist du denn auf einmal so zur Vernunft gekommen?

Joh. Durch das hübsche Kammermädchen, gnädiger Herr! Und Sie? — Nicht wahr, durch das Fenster da gegen über? Sie sagten ja aber immer, ein vernünftiger Mann habe von der Liebe nichts zu befürchten. Nur Thoren und Gecken könnten sich verlieben, und einem paar schönen Augen gegenüber schmachten und seufzen? — wars nicht so, gnädiger Herr?

Carl. (hingeworfen) Ja, das hab ich gesagt! Aber Johann, ich habe seitdem eine Anmerkung gemacht: (ernsthaft) Es giebt zwei Geschlechter —

Joh. Nun, mit Ihrer Erlaubniß: die Bemerkung ist eben nicht neu.

Carl. (fortfahrend) Das eine brüstet sich unaufhörlich mit seiner Vernunft, und das andere beweist ihm alle Augenblicke, daß es ganz und gar keine Vernunft hat.

Joh. Hören Sie, das versteh ich zwar nicht so ganz, ich denke aber eben deswegen, daß es recht hübsch seyn muß! und die schönen Dinge haben Sie in den Augen des hübschen Fräuleins gelesen? Sapperlot! da muß ich doch auch einmal dem Kammer-

Ein Lustspiel.

mermögen recht in die Augen fucken, vielleicht lern ich auch so etwas. Also gnädiger Herr, wenn ich das Ding so recht beim Lichte besehe, so sind wir alle beide durch und durch verliebt.

Carl. (lacht aus vollem Halse) Ha ha ha! Ich verliebt? verliebt?

Joh. Nun sagte ichs nicht, daß Ihre Ernsthaftigkeit nicht lange aushalten würde? — Aber wenn Sie's nicht wollen übel nehmen, so will ich nunmehr ernsthaft seyn! — Also, was wäre bei so gestalten Sachen wol für uns zu thun? Laß sehen! — (sinnt nach) Ja, wenn an unsern 240 Dukaten noch ein paar Nullen hinten dran wären!—

Carl. Ach, das Geld ist mir nichts nütze!

Joh. Um Vergebung! so sind Sie dem Gelde etwas nütze! Sie lassen es ja so hübsch rouliren, und dazu ist es ja in der Welt. Ich stelle mir vor, die Kremnitzer und Lüneburger sind allemal lieber bei solchen Herren, wie Sie, als bei alten Jungfern und Geizhälsen, die sie in der Chatoulle unterm Bette einsperren.

Carl. Was haben mir die 25,000 Thaler geholfen, die ich vom Major Dolmenhorst erbte.

Joh. Ach der gute selige Herr! Gott schenke ihm heute einen guten Tag! Er meinte es freylich gut mit Ihnen, aber er hätte uns immer können mehr hinterlassen!

Carl. Und zu was? wäre ich vier Jahr hernach nicht eben so weit als vier Jahr vorher?

Joh. Ist dieses nicht immer noch ein großes Verdienst von Ihnen, daß Sie ganzer vier Jahre damit Haus hielten? Ein anderer wäre in zweien damit fertig geworden, und Sie haben ja nicht alles selbst verthan. Halfen Ihnen nicht die Herren Offiziers vom halben Regimente recht brüderlich damit wirthschaften? Und dann die 6000 Thaler, die Sie der Gemeinde in Grimbach ohne Interessen vorschossen, um das halbe Dorf wieder aufzubauen, das die Feinde eingeäschert hatten —

Carl. Werde ich in meinem Leben nicht wieder bekommen! Auch nähm ich sie nicht einmal wieder! Die armen Leute waren ja so unglücklich genug.

Joh. Nun sehen Sie, das Geld ist Ihnen doch zu etwas nütze! Aber bei alle dem war doch die Erbschaft nicht den Zwang werth, den Sie Sich in des Major Hause, ganzer 3 Jahre lang, anthun mußten.

Carl. Es ist wahr, ich mußte mich ein wenig nach dem guten alten Major geniren, aber war ich ihm nicht alles schuldig? Nahm er mich vor 11 Jahren nicht auf, als ich von meinem harten Vater enterbt und verstoßen war?

Joh. Ums Himmelswillen, gnädiger Herr, nennen Sie mir Ihren Vater nicht! — Das Herz im Leibe wendet sich um, sobald ich nur von ihm reden höre. Ich habe zwar zum Glück nicht die Ehre, ihn persönlich zu kennen, denn ich kam erst ein Jahr nach diesem schönen Vorfalle zu Ihnen; aber er muß, mit allem Respekt von ihm gesprochen, gar wenig Lebensart verstehen! — Um einer Opertänzerin willen seinen Sohn zu enterben!

wahr-

wahrhaftig, er muß gar ein garstiger Mann seyn! wenn ich so einem recht finstern, garstigen, grießgramigen Manne begegne, so denk' ich allemal, es ist Ihr Herr Vater, und mache einen großen Bogen. —

Carl. Ich bitte mir aus, daß du mit mehr Achtung von ihm sprichst! So, wie die Sachen damals standen, hatte er recht. Ich hätte mich nicht so weit mit der Sinami einlassen sollen; ich trieb meine Unbesonnenheit zu weit! — Und rechnest du die 16,000 Thaler Schulden, die er in drei Jahren für mich bezahlen mußte, für nichts?

Joh. Ein rechter Bettel, für einen Mann, der beinahe zwei Tonnen Goldes im Vermögen hat! Und haben Sie nicht in der ersten Zeit Bußbriefe genug geschrieben? Hat er wol einen einzigen beantwortet? Ließen Sie nicht gar bald von der schönen Sinami ab? Freylich war's die Signora eigentlich, die den Umgang abbrach, sobald sie sahe, daß Sie kein Geld mehr hatten. Aber genug, Ihr Verständniß war doch aus.

Carl. Rede mir nur nicht mehr davon, ich bitte dich.

Joh. Ey, zum Henker! es ist aber auch wahr! Ich kann mich über solche Väter recht ärgern! Man schreibt itzt so eine Menge Erziehungschriften, man legt überall Philantropine an — oder wie die Dinge heißen — die Kinder sollen itzt im zehnten Jahre so gescheut seyn, als vor hundert Jahren die Alten in ihrem funfzigsten kaum waren! — wenn ich ein großer Herr wäre: wissen Sie, was

ich

ich thäte? Ich legte ein Philantropin an, in welchem die Väter Mores lernen sollten, und solche Söhne wie Sie und Ihres gleichen machte ich zu Professoren darin.

Carl. Und solche Zeisige, wie du, zu Vorstehern und Oberaufsehern, nicht wahr?

Joh. Je nun, die Herren Professoren sollten sich eben so schlimm nicht dabei befinden! — aber itzt im Ernst, was wollen Sie machen?

Carl. Sie zu sprechen suchen, will ich, und weißt du, wie ich das anfangen will? — Aber wenn wir nur erst wüßten, wer sie ist? — doch, das thut nichts zur Sache!

Joh. Ach, da kömmt Conrad, vielleicht kann der uns Auskunft geben.

Zweyter Auftritt.

Vorige, Conrad.

Conrad. Haben der Herr Lieutenant abgespeist?

Joh. Ja, du kannst abnehmen. (Conrad räumt ab)

Carl. Sage er mir mein Freund, wer ist denn die Herrschaft, die unten im ersten Stocke logirt?

Conrad. Es ist ein Herr mit zwei Fräuleins.

Joh. Wie politisch! als wenn wir einen Zweifel ihres Geschlechts wegen hätten! — wir wollen wissen, wer der Herr ist?

Conr. Ein Offizier, glaub ich.

Carl. Und wie heißt er?

Conr.

Conr. Sie heißen ihn, Herr Obrist!

Carl. Seinen Namen will ich wissen! Er wird doch wol einen haben?

Conr. Das kann seyn, aber darum hab' ich mich noch nicht bekümmert. Mein Herr spricht immer: der Namen der Gäste gienge einem Wirthe nichts an, weil sie doch nichts dafür bezahlten.

Joh. Das ist wahr, wenn man etwas wissen will, darf man sich nur an Monsieur Konrad addressiren, der giebt einem gleich Auskunft.

Conr. Ey, das glaub' ich! ich bin auch nicht dumm, ich! Mein Herr Pathe, der Seifensieder hier neben an hat mir auch noch gestern erst gesagt, ich könnte nun alle Tage eine Frau nehmen.

Joh. Apropos Conrad! wie weit bist du denn mit dem Kammermädgen unten?

Conr. Ey, wir sind schon recht vertraut und bekannt miteinander: Ich begegnete ihr eben auf der Treppe, als ich heraufgieng, und da knipp ich sie in den Backen, und sagte: sie wäre ein schmuckes Mädchen, und da gab sie mir eine Ohrfeige, aber nur so im Scherz, und sagte: ich wäre ein Esel! aber das war bloßer Spas von ihr.

Johann (lachend.) Ei, das ist ja ein Wettermädchen mit Spasmachen!

Conrad. (nimmt das Tischtuch läßt aber die Flasche stehen.) Haben Sie sonst etwas zu befehlen?

Carl. Nein, geh nur! (Conrad ab)

Johann. Hören Sie, gnädiger Herr! alleweile fällt mir ein, wenn das Frauenzimmer, das Sie am Fenster gesehen haben, die Gemalin des Offiziers wäre?

Carl. Nun? Und was hätte das zu bedeuten?

Johann. Ja, so! Das ist auch wahr! Ich dachte nicht daran, daß das gar nichts in der Sache ändert — im Gegentheil, da kanns manchen Spas absezzen! — der Mann alt, und vielleicht eifersüchtig, die Frau jung, und vielleicht —

Carl. Du bist ein Narr! — Meinen Huth und Degen!

Johann. Aber, wo wollen Sie denn hin? wieder auf den Anstand? (Carl geht fort)

Johann. (allein) Er antwortet nicht einmal? Hm! Das Ding ist weit hinein böse! So ernsthaft hab ich ihn in den ganzen 10 Jahren, die ich bei ihm bin, noch nicht gesehen! Ich wollte wol wetten, mein armer Herr ist so verliebt, als — ich! hätt ich bald gesagt! Pfui doch! Ein braver Kerl muß sichs nicht sogleich merken lassen, wo ihn der Schuh drückt! Und so arg ists mit mir auch noch nicht; ich bin ja noch lustig und guter Dinge; ich lache, wenn mein Herr dasizt und nachdenkt. Er hat kaum vier Bissen gegessen, und mich hungert, wie einen Wolf! Er (geht an einen Tisch und nimmt die Flasche) hat den Wein stehen lassen und ich trinke ihn — (thut einen Zug) er schmeckt mir sogar ganz unvergleichlich, ob ihn gleich unser Schelm von Wirth selbst gebrauet hat — (trinkt noch einmal) Nein, nein, guter Herr Amor! mir macht er das Leben noch nicht sauer, denn sieht er,

er, ich bin mit seinem Stiefbruder Bachus noch
gar zu gar Freund! (geht trinkend ab)

Dritter Auftritt.
Saal.

Charlotte (kömmt aus einem Seitenzimmer.)

Der Onkel dringt darauf, daß ich mich noch heute mit dem Assessor verloben soll. Das wird schön werden! wenn ich nur in aller Welt eine schickliche Art wüßte — ich muß mirs doch ein wenig überlegen; — (setzt sich auf einen Stuhl nahe am Fenster) dacht ichs doch, daß der Offizier wieder da drüben am Fenster sitzen würde! — Und wie er herüber sieht! — bei alle dem, keine unebene Figur! — Er hat so etwas offenes, so etwas einnehmendes in der Miene! — war mirs doch, als ob er mich grüßte — jetzt wieder! — (steht auf und verneigt sich freundlich) danken muß ich ihm doch, denn das erfordert die Höflichkeit! — wer kommt denn da? kann man denn keinen Augenblick Ruhe haben. (verläßt geschwind ihren Sitz.)

Vierter Auftritt.

Charlotte, Obrist.

Obrist (im Hereintreten)

Daß der Henker den verwetterten Advokaten gleich heute aufs Land führen mußte!

Charl. Ihr Advokat ist nicht in der Stadt, lieber Onkel?

Obrist. Das thut dir leid, nicht wahr Lottchen? Ja, ich kann dir nun nicht helfen! Er hat einen Termin, und kommt erst heute Abend spät wieder. Mir ists auch ärgerlich, denn mit der Manier muß ich einen Tag länger hier in dem Loche bleiben! und ich hätte sogern heute alles in Ordnung gebracht, daß wir morgen früh wieder hätten fortreisen können.

Charl. Je nun, lassen Sie es gut seyn, lieber Onkel! Ein Tag mehr oder weniger —

Obrist. Wie? du rechnest noch nach Tagen? das ist ja sonderbar! Sonst zählen Mädchen in deinen Umständen nach Minuten und Sekunden.

Charl. O, ich will nach Jahren zählen, wenn Sie wollen. — Aufrichtig, lieber Onkel, ich möchte den Assessor lieber gar nicht heirathen.

Obrist. Wieder was Neues! — Ich glaube, das gnädige Fräulein wollen Ihren gnädigen Spas mit mir treiben!

Charl. Nein, wahrhaftig, es ist mein Ernst. Ich habe so einen gewissen Widerwillen —

Obrist.

Obrist. Einen Widerwillen! was wirds anders seyn, als das gewöhnliche Jungfernfieber? Ich habe mein Lebtag keine Braut gesehen, die nicht am Verlobungstage Grimassen gemacht und bei der Trauung Thränen vergossen hätte. Das habt ihr einmal in der Art, denn die Grimassen und Thränen kosten euch ja nichts. Du bist eine Närrin! was hast du denn an dem Assessor auszusetzen?

Charl. Nichts, als daß —

Obrist. Nun, das ist ja eben, was ich sage! Ist er etwa nicht von altem Adel? hat er nicht Geld?

Charl. Man heirathet ja keinen Stammbaum, lieber Onkel?

Obrist. (hitzig) Das Wetter! — Mädchen, mach mir den Kopf nicht warm! — was soll das Geziere heißen? Diesen Morgen komm ich herein und treffe dich in seinen Armen an, und jetzt machst du Einwendungen gegen ihn!

Charl. Aber Sie wissen ja nicht, was dies Umarmung eigentlich zu bedeuten hatte —

Obrist. Zu bedeuten? — Was hat eine Umarmung zu bedeuten? Wen man nicht leiden kann, den umarmt man nicht, und wen man umarmt dem ist man gut. — Aber was steh ich alter Narr da, und expostulire lange! Der Eigensinn eines Mädchens ist nicht der Mühe werth, daß Männer die Zeit damit verderben.

Charl. Eigensinn, lieber Onkel?

Obrist. Was sonst? Nicht wahr, du hast weiter nichts an dem Assessor auszusetzen, als daß es dein seliger Vater war, der ihn dir zum Manne bestimmte? — Ja, ja, der Vater soll noch geboren werden, der seinen Kindern etwas recht macht!

Charl. Nachdem die Väter sind, bester Onkel! es giebt gute, rechtschaffene Väter, welche ihren Kindern alles recht machen, weil sie sie gehörig zu behandeln, und sich ihre Liebe und ihr Zutrauen zu erwerben wissen; es giebt aber auch grausame harte Väter —

Obrist. Soll das etwa wieder auf mich gehen? Nicht wahr, weil ich mich nicht wollte von meinem ungerathenen Buben zum Bettler machen lassen, da bin ich hart und grausam? Hat er's nicht darnach gemacht? Ein Bösewicht, der mich unter die Erde bringen wollte, um mit meinem Vermögen —

Charl. Nein, lieber Onkel! Ein Bösewicht war er nicht! Nach allen, was ich von Leuten gehört habe, die ihn kannten, war Carl kein Niederträchtiger, kein Bösewicht! nur ein unbesonnener, ein leichtsinniger Jüngling, der sich von lüderlichen Gesellschaften und dem Strome der Modelaster hinreißen ließ! warlich, Sie giengen zu hart mit ihm um, Onkel! Sie hätten es noch eine Zeitlang abwarten sollen —

Obrist. Abwarten, bis nichts mehr abzuwarten gewesen wäre, bis er mich und meine Tochter ganz und gar ausgezogen hätte! — Und hat mir der Bube nicht noch getrozt? Habe ich in den lezten 10 Jahren wol eine Silbe von ihm gehört?

Charl.

Ein Lustspiel.

Charl. Aber haben Sie mir nicht selbst gesagt, daß er Ihnen im ersten Jahre seiner Verbannung sechs Briefe geschrieben hat?

Obrist. (etwas gerührt.) Ja das hat er, aber da war ich noch zu aufgebracht auf ihn. Aber er hätte es seitdem immer noch mehr versuchen können, hätte mir beweisen können, daß ihm an der Verzeihung seines alten Vaters noch etwas gelegen wäre.

Charl. Wie konnte er die hoffen, da dieser Vater ein ganzes Jahr lang unerbittlich blieb? O es mag dem guten Karl geschmerzt genug haben! wer weiß, in welchem Winkel der Welt er jetzt von allem Nothdürftigen entblößt, seinen jugendlichen Thorheiten und der Grausamkeit seines Vaters flucht! wer weiß, ob er noch lebt! Ob er nicht lange schon ein Raub der Verzweiflung und des Mangels geworden ist?

Obrist. (fährt mit der Hand über die Augen.) Hör auf Mädchen, du machst mich weichherzig.

Charl. (küßt ihm die Hand) O lassen Sie diese Thräne der Liebe, lassen Sie sie noch eine Weile in Ihrem Auge zittern! sie steht dem väterlichen Auge so schön!

Obrist. (will sich von ihr losmachen) Daß dich das Wetter! Ich glaube, wenn der Bube jetzt gleich zur Thür herein träte, ich alter Esel könnte einen dummen Streich machen. Ich wär im Stande und fiel ihm um den Hals, bäth ihn um Verzeihung und nennte die Kanaille meinen Sohn.

Sohn. (nach einer Pause, in welcher er sich wieder gefaßt hat) Mädchen, wenn ich nicht gewiß wüßte, daß du Karln nie gekannt hast, wahrhaftig, ich dächte, du hättest andere Absichten, daß du ihm so das Wort redest.

Charl. (lächelnd) Je nun, wenn er da wäre, wer müßte, was ich thät? — Aber lieber Onkel, eine Bitte noch, und die gestatten Sie mir?

Obrist. Und was für eine? nur heraus! ohne Vorrede!

Charl. Lassen Sie mir noch eine Weile Zeit, daß ich den Assessor erst näher kennen lerne.

Obrist. Und wozu? Du mußt ihn doch heirathen, närrisches Ding! Denn siehst du, in deines Vaters Testament sieht klar und deutlich: „daß, „wofern du dich weigerst, dem Assessor Brand dei= „ne Hand zu geben, du zur Strafe deines Ungehorsams drei Viertheile deines Vermögens einbüßen sollst, die alsdenn an mich fallen." Und du wirst mir doch nicht zumuthen, daß ich mir soll nachsagen lassen, ich hätte mich mit meiner Nichte Vermögen bereichert? Denn der Inhalt dieses Testaments ist weltkundig.

Charl Aber wenn sich nun der Assessor weigert, mich zu heirathen?

Obrist. Da sollt ihn das Donnerwetter! — das wär ein Schimpf für die ganze Familie! aber er wird nicht, er kann nicht! — Was in aller Welt kann der Dintenklecker an dir auszusetzen haben? ach da kömmt er selbst, wir wollen gleich hören — Ich will es schon auf eine feine Art von ihm herausbringen.

Fünfter

Fünfter Auftritt.

Vorige, Assessor.

Obrist. (geht hastig auf ihn zu.)

Sagen Sie Herr, haben Sie etwas gegen meine Nichte?

Assessor. (tritt erschrocken zurück.) Nicht das geringste. —

Obrist. Ich wollte Ihnen auch Gutes rathen! —

Charl. (einfallend) Wie können Sie aber auf eine bloße Vermuthung —

Obrist. Ey was Vermuthung! Narren vermuthen, wo sich kluge Leute überzeugen können. (zum Assessor) Sagen Sie, wollen Sie sie heirathen?

Assessor. (verlegen) Herr Obrister. —

Obrist. Kurz und gut, ohne Umschweife!

Assessor. Sie wissen Herr Obrister — daß — daß —

Obrist. (eindringend) Ja oder nein Herr!

Assessor. (noch verlegner) Ja! — (mit gedämpfter schüchterner Stimme) aber —

Obrist. (zu Charlotten) Nun, da hörst du es ja aus seinem eigenen Munde! — Jetzt will ich euch allein lassen, daß ihr euch vollends vergleichen könnt; das wird wohl so schwer nicht halten? (geht ab.)

Sechster Auftritt.

Charlotte, Assessor hernach Henriette.

Charl. Ha ha ha! Da haben Sie sich schön verantwortet, Herr Assessor!

Assessor. Aber gnädiges Fräulein, er war so heftig: was sollte ich machen?

Henriette. (welche dazu kommt, ohne den Assessor, der auf der Seite steht, zu bemerken) Was hast du denn mit meinem Vater vorgehabt, Lottchen? Er sah aus, als ob er böse wäre?

Charl. Nichts, als einen kleinen Wortwechsel. Er verlangte, ich sollte dem Assessor morgen mein Jawort geben. —

Henr. Nun? und du?

Charl. Ich? Je nun, ich sperrte mich freylich, aber ich werd ihm am Ende doch wohl noch gehorchen!

Henr. Wie, du wolltest den Assessor —

Charl. Heirathen! Ja ja, es wird wohl nicht anders werden, wenn ich deinen Vater wieder gut machen will!

Henr. Aber weißt du auch, daß das gar nicht hübsch von dir ist? — (sie wird den Assessor gewahr, dem sie bisher den Rücken zugekehret hatte, springt mit einem Schrei auf die Seite: halb heimlich zu Charlotten) Warte nur, das will ich dir gedenken! Kannst du mir denn nicht einen Wink geben, daß er hier ist?

Assessor.

Assessor. (eilt auf Henrietten zu, mit vieler Empfindung) Lassen Sie sichs nicht leid seyn, liebste Henriette, mir diesen ungeheuchelten Beweis Ihrer Liebe gegeben zu haben: wenn Sie wüßten, wie glücklich Sie mich dadurch gemacht haben — (Küßt ihr die Hand.)

Charl. (lächelnd) Und wenn du wieder gut auf mich werden willst, so will ich dir auch versprechen, deinen Assessor nicht zu heirathen.

Henr. (fällt ihr verschämt um den Hals) Das dacht ich wohl, daß du mich wieder einmal zum besten gehabt hättest, du böses Mädchen.

Charl. Aber Kinder, wir wollen jetzt die Zeit nicht mit leerem Gewäsche verderben! Kommt, laßt uns einen kleinen Kriegsrath halten. So wie ich den Onkel kenne, wird er nimmermehr nachgeben: er dringt schlechterdings auf die Erfüllung des Testaments meines Vaters, er spricht, seine Ehre wäre dabey im Spiele. Ein einziges Mittel haben wir noch übrig; daß der Assessor sich weigert, meine Hand anzunehmen; aber auch das ist so gut, als keines, denn was wollen Sie für einen Vorwand gebrauchen? und darunter leidet meine Ehre. Also laßt uns ein wenig nachdenken, was zu thun ist! — (Pause in der Charlotte nachsinnt, indeß der Assessor und Henriette liebäugeln. Charlotte, welche dieses gewahr wird) Aber Ihr seyd mir schöne Leute! wahrhaftig, Ihr wärt in einem Staatsconseil zu gebrauchen! wenn Ihr überlegen sollt, so liebäugelt Ihr! — Ich sehe wohl, ich werde am Ende für euch denken müssen — Halt, ich

ich habe einen Einfall! wären Sie entschlossen, alles zu wagen, um sich Henriettens Besitz zu versichern Hr. Assessor?

Assessor. Alles, mein Fräulein.

Henr. (ängstlich) Alles zu wagen? das klingt ja so gefährlich!

Charl. Gefährlicher als es ist. Sie müssen Henrietten entführen, Assessor! —

Henr. Mich entführen? Ach ums Himmels willen! alles, nur das nicht: — Ich habe so viel davon gelesen —

Carl. So wirst du doch auch gelesen haben, daß Entführungen oft sehr glücklich abgelaufen sind? und die deinige soll es auch, dafür steh ich.

Assessor. Aber mein Fräulein, haben Sie auch bedacht —

Charl. Ein Aber? — Nun wahrhaftig! das paßt vortreflich in den Mund eines Kavaliers, wenn man ihm den Rath giebt, sein Mädchen zu entführen! Man sieht es wohl, guter Assessor, daß Sie kein Port d'epee tragen.

Assessor. (etwas empfindlich) Sobald Sie mir das sagen, gnädiges Fräulein, so hab ich kein Aber mehr!

Charl. Nun, so ists recht; so wollt ich Sie haben! Aber versteht mich recht Kinder, ich will keine Romanentführung, etwa in fremde Länder oder gar über die See; ums Himmelswillen nicht! Ihr mögtet mir gar darüber in die Hände der Korsaren fallen, und ich würde mich nicht zufrieden geben, wenn ich Schuld wäre, daß meine liebe Cousine

sine in ein Serail eingesperrt würde, und wenn sie auch der Dey von Algier zu seiner Favoritin machte.

Henr. Ach, ich bitte dich, liebes Lottchen! rede mir nicht von den Türken vor! Es läuft mir eiskalt über den Rücken!

Charl. Und Sie, mein lieber Assessor, sollen meinethalten auch nicht am Garten eines Muselmannes Schutt fahren! — Sie nehmen einen Wagen, fahren mit Henrietten einige Meilen weit von hier, schreiben dann einen bußfertigen Brief an dem Onkel; diesem mache ich indessen begreiflich, daß man geschehene Dinge nicht ungeschehen machen kann, und wenn ich merke, daß er wankt, gebe ich euch beiden sogleich Nachricht. Ihr kommt, werft euch ihm zu Füßen, oder wenn Ihr das nicht wollt, so könnt Ihrs auch stehend verrichten; er vergiebt Euch, und damit ist das Lied am Ende.

Henr. Aber was wird mein Vater sagen?

Charl. Schimpfen und toben wird er! aber dafür laßt mich nur sorgen, ich will ihn schon zur Raison bringen! — oder willst du nicht? Gut! so erwarte deinen Grafen Ramsdorf aus Frankreich zurück, und ich heirathe den Assessor, und behelfe mich so gut mit ihm, als ich kann.

Assessor. Meine theuerste Henriette, was meinen Sie zu diesem Vorschlage? wollen Sie?

Henr. Ach! ich weiß selber nicht, was ich will!

Charl. Das heißt so viel, als den Wagen bestellt! Nur frisch, Herr Assessor, diese Nacht, um 12. Uhr —

Henr. Diese Nacht noch?

Carl.

Charl. Freilich! da ist keine Zeit zu verlieren! denn Morgen kömmt der verwünschte Advokat, setzt den Ehekontrakt zwischen mir und dem Assessor auf, und hernach ists zu spät. Gehen Sie nur Assessor, und machen Sie sich fertig, denn es geht schon stark auf den Abend los! das Nähere sollen Sie in einem Billet von mir diesen Abend noch erfahren.

Assessor. Ich verlasse mich darauf — ich eile dem glücklichen Augenblicke entgegen, der mir Ihren Besitz verschaffen soll, meine Henriette!

Henr. Ach, ich wollte, wir wären schon fort — schon wieder da, wollt ich sagen.

Charl. Zwey sehr billige Wünsche, die schon die Erfüllung werth sind! — Nur fort, Assessor! Ich stehe für alles.

Assessor. (wirft Henrietten noch einen zärtlichen Blick zu und geht ab.)

Henr. Mädchen! Mädchen! wenn du mich zu einem dummen Streiche verleitest, so hast du es auf deinem Gewissen.

Charl Ach, in ein Mädchen Gewissen geht viel! beynahe so viel, als in ein Advokatengewissen.

(Henriette ab.)

Siebenter Auftritt.

Charlotte hernach Carl.

Charl.

Nun dem Himmel sey Dank, daß ichs so weit habe! was das kostet, ehe Verliebte Vernunft annehmen!

nehmen! Aber ich denke, das ist die beste Methode, wie ich von der Heirath mit dem Assessor loskomme. So kann die böse Welt doch nicht sagen, daß er mir gerade zu einen Korb gegeben hat; denn wenn mir mein bestimmter Bräutigam einen Streich spielt, so ist die Reihe an mir, mit ihm zu brechen, und das Testament ist alsdann ungültig. Aber mit dem Onkel wirds schönen Lerm setzen! Je nun, wenn man ihn eine Weile austoben läßt, dann wird er von selbst wieder gut! — er wird sich schon zum Ziel legen, wenn er sieht, daß es nicht anders ist —

Carl. (kömmt zum Zimmer herein, den Huth auf dem Kopfe, wirft Stock und Degen auf den Tisch.)

Charl. Aber was soll denn das heißen? — wahrhaftig der Offizier vom Kaffeehause gegen über!

Carl. (thut als säh er Charlotten nicht) Johann! Johann! Nun, wo mag der verdammte Kerl stecken? (dreht sich herum, und sieht sich im Zimmer um) Aber, was Henker! ich glaube gar, ich bin in einem fremden Zimmer! (thut, als würd er Charlotten erst gewahr) Ach ums Himmelswillen! verzeihen Sie!

Charl. (lachend) Brauchen Sie ihre Bequemlichkeit, mein Herr!

Carl. (indem er Degen und Stock nimmt) Ich habe das Zimmer verfehlt —

Charl. O, der Irrthum ist sehr verzeihlich! — eine Treppe mehr oder weniger. —

Carl. Ich weiß nicht, meine gnädige Frau —

Charl. Fräulein, wenn Sie wollen —

Carl.

Carl. (küßt ihr die Hand) Desto besser! mein gnädiges Fräulein also, ich weiß nicht, ob mein Irrthum verzeilich ist, das weiß ich aber wohl, daß er mir sehr angenehm ist, weil er mir das Glück verschaft, Ihnen meine Ergebenheit mündlich zu bezeigen.

Charl. Sehr verbindlich! Ich möchte Ihnen gern auf das schöne Kompliment antworten, und weiß nicht recht, was? — Indessen, aus Versehen, oder mit Vorsatz: seyn Sie recht sehr willkommen!

Carl. O, dürfte ich dieses Willkommen nach meinen Wünschen auslegen!

Charl. Nun das mögte ich doch nicht ganz! die Wünsche der Herren mit dem Feldzeichen umfassen oft ein wenig viel.

Carl. (für sich) Das Mädchen ist ein Engel! — so witzig als schön!

Charl. (für sich) Nun wahrhaftig, hätte mir mein Vater den im Testamente zum Gemahl vermacht, gutes Cousinchen, du brauchtest dich nicht entführen zu lassen!

Carl. Wissen Sie auch, daß ich diesen ganzen Tag dort Ihnen gegen über recht glückliche Augenblicke genossen habe?

Charl. Sie sind mir gegenüber gewesen? — doch ja, ich besinne mich, daß ich Sie am Fenster gesehen habe.

Carl. Wenn ich mir nicht zu viel schmeichele, so glaubte ich, einige — wie soll ich sagen? — einige Nachsicht gegen mich in Ihren schönen Blicken zu lesen. **Charl.**

Ein Luſtſpiel.

Charl. Wirklich? Ueber die Straße herüber? Haben Sie ſo ſcharfe Augen?

Carl. Sonſt hatt ich ſie: Seit ich aber ſo lange in die Sonne geſehen habe —

Charl. O, Schade! daß Sie mir das nicht in Verſen ſagen! In Proſa thut ſo etwas gar keine Würkung (vor ſich) Ich glaube, wenn ich länger mit ihm rede, ſo verſchnapp ich mich noch!

Carl. Spotten Sie nur, mein Fräulein! Wenn Sie wüßten, wie mir zu muthe iſt!

Charl. (vor ſich) Als ob mir nicht auch ſo wäre! (laut) Nun, und wie iſt Ihnen denn?

Carl. Als ob ich zu Ihren Füſſen ſterben müßte, wenn ich keine Verzeihung von Ihnen erhalte! —

Charl. Ha ha ha! das heißt alſo wohl gar, ſich Verzeihung erſterben? Aber was haben Sie mir denn zu leide gethan, daß ich Ihnen verzeihen ſoll?

Carl. Ich habe Sie zu lange angeſehen!

Charl. Sie machen mir ordentlich Angſt! Ihre Blicke haben doch nicht etwa gar was Baſiliskenartiges? Es wird mir doch nichts ſchaden?

Carl. Ihnen nicht, aber mir vielleicht!

Charl. Ihr Uebel wird doch nicht unheilbar ſeyn?

Carl. O, dürfte ich hoffen, daß Sie etwas dazu beitragen würden, es wenigſtens zu lindern?

Charl. Das wäre ein ſehr unglücklicher Menſch, der nicht einmal hoffen dürfte.

Carl. Alſo, Sie erlauben mirs? wie gütig ſind Sie, und wie glücklich bin ich!

Charl.

Charl. Sie geben meinen Worten eine ganz falsche Deutung: (vor sich) Nun ist's Zeit, daß ich gehe! — (laut) Ich meinte nur, daß —

Charl. O ich weiß, ich weiß alles! (Charlotte ist im Begriff zu gehen) Sie wollen fort, mein Fräulein? wollen mich verlassen?

Charl. (mit Bedeutung) Ja, ich merke, daß es Zeit ist!

Carl. Bleiben Sie noch, ich beschwöre Sie! — Oder wenn Sie ja fort wollen, so lassen Sie mir wenigstens ein Andenken von sich da, bey dem ich mich über Ihre Abwesenheit trösten kann! — Eine Schleife, ein Band, nur ein Fädchen aus Ihrer Manschette! Alles wird mir schätzbar seyn, so bald es aus Ihren Händen kommt, es soll ein Pfand —

Charl. Das machen Sie gut! Ich habe Ihnen ja noch nichts versprochen; worüber soll ich Ihnen denn ein Pfand geben?

Carl. Diese Rose, die sich da an Ihrem Busen blähet, geben Sie mir die! das arme Geschöpf ist ohnedies in Begriff, für Schaam und Neid zu sterben, daß sie mit dem Purpur Ihrer Lippen und Wangen so lange schon mit so schlechtem Erfolge wetteifert.

Charl. Nun wahrhaftig, ich glaube, Sie sind ein Dichter, der aus Desperation unter die Soldaten gegangen ist! was Sie mir alles da für schöne Dinge vorgesagt haben! Ich glaube, wenn ich noch länger bleibe, so fangen sie an, in Alexandrinen zu sprechen. (läuft ab, und läßt die Rose fallen.)

Achter

Achter Auftritt.

Carl. (allein, hebt hurtig die Rose auf)

Ein allerliebstes Mädchen, bey meiner Ehre! — (küßt die Rose) Du sollst so bald nicht von mir kommen! — Ha ha ha! nun bey meiner Seele! ich bin ein wahrer Cäsar! ich komme, sehe und siege! — Ich eröffne kaum die Laufgraben, und die Festung ergiebt sich schon halb! — was wird nicht werden, wenn ich erst Sturm laufe? — Aber will ich denn Sturm laufen? was soll denn am Ende daraus werden? Ich muß mirs doch bey einem Glase Wein überlegen. Der Wirth im blauen Hahne hat excellenten Champagner, und dabey muß sichs recht vernünftig raisonniren! — Und was wird das Resultat von diesem Raisonnement seyn? daß ich meine Operation fortsezze, und für das Uebrige das Schicksal sorgen lasse. — (geht ab..)

Dritter Aufzug.

Erster Auftritt.

(Lichter auf dem Tische.)

Nettchen, Conrad.

Nettchen.

Da nimm hurtig das Billet und trag es zum Assessor Brand, auf der breiten Straße im Eckhause 3 Treppen hoch.

Conrad. Ja — aber so spät — nun, wenn Sie mir verspricht, daß Sie mir ein bisgen gut seyn will.

Nettch. Schafskopf! — eben deswegen, weil es so spät ist, mußt du laufen, der Herr Assessor mögte sonst zu Bette gehen.

Conr. Ich will ja laufen, aber ein Mäulchen wenigstens.

Nettch. Wenn du wieder kommst, mach nur, lauf! Jetzt will ich meine Fräuleins auskleiden! (geht mit einem Lichte ab.)

Conr.

Conr. (allein) Ey, ich wollte lieber, sie hätte mir das Mäulchen pränumerirt! — Aber da hab ich nun nicht Achtung gegeben, wo ich das Billet hintragen soll? — Daß dich! — Aber wenn ich bei dem Mädgen bin, so höre ich mein Tage nicht, was sie sagt, denn ich kann mich an dem allerliebsten Gesichtgen gar nicht satt sehen! — Wenn ich nur Geschriebenes lesen könnte! — da stehts außen drauf geschrieben, wie der Herr heißt, an dem es soll. — Wenn mir mein Herr Pathe lange einen Schreibmeister gehalten hätte — auf die Woche soll ich anfangen, aber was hilft mir das jetzt? — Ich muß sie wahrhaftig wieder herausrufen. (geht an die Thür.)

Zweyter Auftritt.

Obrist, Conrad.

Obrist (kommt im Schlafrocke mit einem Lichte heraus) Was willst du noch so spät hier?

Conrad. Nehmen Sie's doch ja nicht ungütig, Ihro Gnaden! Ich wolte nur, mit Respekt zu sagen, Ihro Gnaden Kammerjungfer etwas fragen.

Obrist. Nicht übel! Abends um 11 Uhr fragt man auch ein Kammermädgen um etwas! — Und darf man fragen, was?

Conrad. Je, sehen Sie nur Ihro Gnaden, da gab sie mir ein Briefgen wegzutragen, und da hab ich vergessen, zu fragen, an wen? und geschrieschriebens kann ich nicht lesen. Mein Pathe der Seifensieder —

Obrist. Ein Billet? heute Abend noch? zeig einmal: — (liefet) „An den Herrn Assessor Brand „

Conrad. Ach nun weiß ichs! geben Sie nur her, Ihro Gnaden, geschwind! denn sie sagte, es wäre nothwendig.

Obrist. (vor sich) Charlottens Hand? heute sperrte sie sich so gegen ihn, und nun schreibt sie ihm des Nachts Briefgen? Dahinter steckt etwas! — ich muß mir den Burschen vom Halse schaffen! (laut) Geh einmal hinein, ich muß meine Dose drinnen haben stehen lassen! ich weiß selbst nicht wo? vielleicht im Fenster oder auf dem Tische —

Conrad. Ja, aber das Briefgen? —

Obrist. Hol mir die Dose sag ich! (Conrad ab) Ich muß doch sehen, was das heißen soll! (erbricht den Brief und liefet) „Ich hoffe,
„Sie haben unserer Abrede gemäß, alles besorgt,
„jetzt schreibe ich Ihnen nur in Eil, daß Sie
„spunkt 12 Uhr erwartet werden, aber ja nicht
„später, denn bei solchen Expeditionen ist es
„icht gut, wenn man vom Tage übereilt wird,
—„und die Nächte sind itzt kurz. „ Was Teufel
„das heißen? das klingt verdammt verdächtig! soll aber weiter — „Sollten Sie auf dem Saa-
„le niemanden finden; so erwarten Sie nur Ihre
„Geliebte in dem kleinen Kabinettchen linker Hand,
„es mögte Sie sonst ein Bedienter überfallen. —
„ Char.

Charlotte. „ — Nun, da mag der Teufel daraus klug werden, das Mädchen ist doch sonst so sittsam — ein wenig leichtsinnig und lustig wohl, aber sonst sind die lustigen immer die besten! — wenn mir der Schulfuchs das Mädchen verführte, das Donnerwetter sollt ihn — ich muß wissen — aber meine verdammte Hitze! — wärs nicht besser, ich suchte erst dem dummen Streich zuvor zu kommen, und untersuchte alsdenn erst, was sie haben machen wollen? — Ja, das will ich. Aber wie? Im Kabinet linker Hand soll die Zusammenkunft seyn? — Da werden Sie mich finden, Herr Assessor! der wird sich wundern! Jetzt vor allen Dingen muß er das Billet erhalten. (siegelt es zu.)

Conrad. Sie ist nicht da, Ihro Gnaden.

Obrist. (dreht sich schnell um) Wer?

Conrad. Die Dose!

Obrist. Sehr natürlich, weil ich sie bei mir habe. — Da trag das Billet geschwind hin, hurtig! sonst schlag ich dir die Beine entzwey! (Conrad läuft mit dem Lichte ab) Ob der Assessor alles besorgt hat? — alles besorgt? — Hm! das schmeckt ja gar nach einer Entführung! Und wem sollte die gelten? Charlotten? was braucht er denn die zu entführen? — Oder sollte er gar etwa Henrietten? — Donner und Wetter! eben erinnere ich mich, daß das Mädchen die ganze Abendmahlzeit über, so ängstlich that! wenn das wäre! — es muß heraus! (eilt nach der Thür zu, bleibt ein weilchen stehen und kömmt dann

dann wieder zurück.) Kannst du denn die paar Minuten nicht noch abwarten, alter Tollkopf? wenn man Vögel fangen will, muß man nicht mit Prügeln drein werfen — also hier in dem Kabinet linker Hand — still — mich dünkt, ich höre Jemand kommen. (nimmt das Licht) Geschwind an meinen Posten! (geht ins Kabinet.)

Dritter Auftritt.

Assessor. Conrad (mit einem Lichte.)

Assessor. Ums Himmelswillen, verrathe er mich nicht, Freund! Ich stehe jetzt völlig in seiner Gewalt!

Conrad. Nu! nu! Ich werde Ihnen nichts thun! Ich wollte eben zu Ihnen gehen, da ist ein Billetchen!

Assessor. (lieset) Um 12 Uhr? — da bin ich zu zeitig gekommen! — Schadt nichts! — besser zu früh als zu spät! — Hier im Kabinetchen soll ich sie erwarten? — Freund, noch einmal, reinen Mund! Es soll sein Schade nicht seyn! hier etwas auf Abschlag (giebt ihm etwas)

Conrad. Potz tausend! zwei Dukaten!

Assessor. Jetzt geh er nur mit seinem Lichte fort! es möchte Jemand kommen! — Geb er Achtung, daß der Weg hernach rein ist, und wenn er Unrath merkt, so geb er mir gleich Nachricht, ich

bin

bin hier im Kabinet. Halt er die Hinterthür offen, daß ich hernach gleich fort kann.

Conrad. Schon gut! schon gut! (ab)

Vierter Auftritt.

Assessor, Obrist.

(Der Assessor will ins Kabinet gehen, Obrist kömmt ihm, indem er die Thür aufmacht, mit Licht entgegen.)

Assessor. (zurückprallend vor sich) Ein verdammter Streich!

Obrist. Je, sieh da Herr Assessor! wo kommen denn Sie noch so spät her?

Assessor. (stockend) Ich gieng vorbei, mein Herr Obrist, — und man hatte mir gesagt — daß — daß — daß — Sie nicht recht wohl wären — und da stieg ich im Vorbeigehen herauf — um —

Obrist. Ey, ey! ich bin Ihnen für Ihre freundschaftliche Vorsorge sehr verbunden! — Aber so gestiefelt, und im grossen Mantel! —

Assessor. Die Nachtluft — und es regnet ein wenig —

Obrist. Ja, ja, es ist immer sehr gut, wenn man sich in jungen Jahren gut verwahrt! — aber lieber Assessor, man hat Sie belogen; ich befinde mich vollkommen wohl! — so wohl, daß

ich

ich beinahe noch ein Stündgen aufbleiben und plaudern möchte. Es ist mir lieb, daß Sie gerade gekommen sind. Wir wollen noch ein Glas Punsch mit einander trinken.

Assessor. (vor sich) Nun, das ist noch hübscher! (laut) Verzeihen Sie mir Herr Obrister! Es ist schon spät und wir haben morgen Session!—

Obrist. Ey, ich will Sie auch nicht lange aufhalten, nur ein halbes Stündchen! (vor sich) Wenn ich ihn nur erst auf meinem Zimmer habe, soll er sobald nicht wegkommen.

Assessor. (vor sich) Wenn ich doch nur dasmal aus der Verlegenheit wäre! — (laut) in der That Herr Obrister, ich bin so schläfrig, daß ich kaum die Augen offen halten kann.

Obrist. Das wird sich schon geben. Punsch macht munter!

Assessor. Ich werde einschlafen.

Obrist. So will ich Sie schon aufwecken — Aber zum Teufel, Herr, so lassen Sie Sich doch nicht so lange bitten!

Assessor. (vor sich) Er wird böse! Ich muß ihm wahrhaftig den Willen thun! Vielleicht hilft mir mein guter Genius bald wieder von ihm los! (laut) Nun denn, so bin ich zu ihrem Befehle, aber nur auf ein halbes Stündgen!

Obrist. Nicht einen Augenblick länger! — Nun so kommen Sie! — (im Abgehen für sich) Warte Bursche! nun sollst du mir beichten!

(gehen ab)

Fünfter Auftritt.

Conrad (vorweg) dann Karl (in einem Mantel, ein wenig betrunken)

Conrad. Aber gnädiger Herr, das ist Ihr Zimmer nicht!

Carl. Was gehts dir an? — ich w— will aber hier herein! — Element! der Champagner hat Feuer! — Zwey Flaschen hab ich dir ausgestochen!

Conrad. Ey das glaub ich! he he he!

Carl. Du glaubst's nicht? — dummer Kerl! Du sollst's aber glauben! — Komm her, ich will dir was sagen. Siehst du, wenn man getrunken hat, da ist man — nicht nüchtern — — ha ha ha! das war angeführt! — Aber sage mir einmal, wer war der verfluchte Kerl, der mich unten nicht herein lassen wollte?

Conrad. Das war ich, gnädiger Herr.

Carl. Je du Teufelskerl! warum wolltest du mich denn nicht hereinlassen?

Conrad. Ey, ich kannte Sie gar nicht! dachte ich denn, daß Sie zur Hinterthür hereinkommen würden?

Carl. Ey verflucht! Also bin ich zur Hinterthür hereingekommen? das wußt ich mein Seel nicht!

Conrad. Ja freylich! Und der Hr. Assessor hat mir befohlen, ich sollte den Weg rein halten.

Carl. Was für ein Assessor?

Conrad. Ja, er hat mir 2 Dukaten gegeben, daß ich schweigen soll, sonst sagte ichs Ihnen wohl.

Carl. (zieht den Beutel.) Komm her, sag geschwind, ich geb dir viere (giebt ihm Geld.)

Conrad. Gnädiger Herr! das sind nur drey.

Carl. Kerl, du betrügst mich! — Nun da!

Conrad. Haben Sie nicht den Wagen gesehen, der unten hält? — Da will der Hr. Assessor wieder drinne wegfahren.

Carl. Verflucht! Und mit wem denn?

Conrad. Das weiß ich nicht.

Carl. (hebt den Stock in die Höhe.) Schurke der du bist! — dafür muß ich dir 4 Dukaten zahlen! Gleich gieb sie wieder heraus! — Doch nein behalt sie nur! Jetzt pack dich!

Conrad (geht mit dem Licht ab, kehrt aber wiederum um) Ja so! ich habe ja dem Hrn. Assessor versprochen, ihm Nachricht zu geben, wenn ich Unrath merke — (geht an die Thür des Kabinets, wo der Oberste vorher heraus kam) Herr Assessor! Herr Assessor! (leuchtet hinein) — es ist ja kein Mensch drinne! Nun meintwegen! Ich habe das Meinige gethan! (geht ab, der Saal bleibt ganz finster.)

Carl. (allein, der indessen nachgesonnen) Hm! Ist mir doch mein Kopf so schwer! — wer nur das alles zusammen reimen könnte! — Ein Wagen vor der Thür! Ein Assessor im Hause,

Ein Lustspiel.

ste, der nicht verrathen seyn will! — So viel kann ich wohl zusammen reimen, daß dahinter etwas steckt! — Ey Bruder Lieutenant, das wäre so eine Sache für dich, wenn du dir einen Spas machen könntest! Aber wie? — Hm! wenn ich nun hinunter gienge und mich in aller Stille in den Wagen setzte? — Ey würde der Herr Augen machen, wenn er mit seiner Dulcince angestochen käme! — ha ha ha! das wäre ein Spas! (die eine Seitenthür geht sachte auf) Ha! was giebts hier? ich glaube, sie kommen schon! bei meiner armen Seele! Zwey Frauenzimmer!

Sechster Auftritt.

Carl, Charlotte, und Henriette (kommen ohne Licht.)

Henriette (leise) Wenn du wüßtest, wie angst mir ist!

Charlotte. Das glaub ich wohl! aber nur Muth gefaßt, Närrchen! es geht ja nicht aus der Welt! — Es hat zwölf geschlagen; der Assessor muß nun kommen — ich glaube, da ist er schon! — (ruft leise) Sind Sie da?

Carl. (mit gedämpfter Stimme) Schon lange mein Engel! (vor sich) ein excellentes qui pro quo! —

Charl. Nun machen Sie, daß Sie fortkommen! Ich glaube, der Oberste ist noch auf! —

(führt

60 Der Strich durch die Rechnung.

(führt ihm Henrieten zu, die furchtsam seine Hand ergreift)

Carl. Aber, meine Damen —

Charl. Wieder ein Aber?

Carl. (vor sich) Aber es ist auch so verdamt finster! — wenn ich nur wenigstens wüßte, wie der Engel aussieht, den man mir aufdringt.

Charl. Nun, was murmeln Sie denn da in den Bart hinein? Haben Sie wieder Bedenklichkeiten?

Carl. Ganz und gar nicht! — wenn Sie so befehlen (führt Henrietten ab)

Charl. So was läßt man sich auch befehlen! — fort, marsch! viel Glück auf die Reise! — (allein) mit dem ewigen Träumer! wahrhaftig, es hätte nicht viel gefehlt, er hätte Henrietten selbst beredt, hier zu bleiben. (geht in ihr Zimmer.)

Siebenter Auftritt.

Assessor, Obrist, (der ihm hastig nachläuft)

Obrist. Nicht von der Stelle, Herr! bis ich alles weiß! —

Assessor. Aber Sie lassen mich ja nicht ausreden!

Obrist. Zum Teufel! Sie reden ja nicht! So machen Sie dem Dinge ein Ende! —

Assessor. Noch heute erst drangen Sie auf die Verbindung zwischen mir und Charlotten —

Obrist.

Ein Lustspiel.

Obrist. Nun ja, und muß ich nicht? Ist nicht das Testament ihres Vaters da? wenn das nicht wäre, so könnte mir es völlig einerlei seyn, ob sie Hinz oder Kunz heirathete. Aber weiter!

Assessor. Eine Verbindung, die unsern beiderseitigen Absichten widerspricht.

Obrist. So? Und doch schreibt sie Ihnen um Mitternacht Briefgen?

Assessor. Eben das — Ich muß Ihnen alles sagen! Ich liebe Ihre Fräulein Tochter —

Obrist. (hastig) Sie? — (etwas gelassener) Das thut mir leid, ich habe sie schon dem Grafen Ramsdorf halb und halb versprochen!

Assessor. Charlotte, welche sah, daß es kein ander Mittel gäb, zu unserm Zwecke zu kommen, gab mir den Rath — aber Sie werden böse werden, Hr. Obrister! —

Obrist. Was für einen Rath? — heraus damit! —

Assessor. Den Rath, Henrietten zu entführen —

Obrist. Ey, so soll auch das Donnerwetter! — Ein sauberes Projektchen! gut, daß ich noch dahinter gekommen bin.

Achter Auftritt.

Vorige, Charlotte (mit Licht)

Charl. Was ist denn das für ein Geschrey hier? — was ist das? — der Assessor hier?

Obrist.

Obrist. Schöne Dinge! Schöne Dinge, die ich von dir höre, mein sauberes Nichtchen! wo ist Henriette? Sie erwartet wohl ihren Paris?

Charl. (zum Assessor) Wo kommen Sie denn wieder her? — wo ist die Cousine?

Assessor. Das wollt ich eben Sie fragen! ich habe sie nicht gesehen.

Charl. Wie? waren Sie nicht vorhin hier im Saale? Haben Sie sie nicht fortgeführt? —

Assessor. Ich? Ich habe sie mit keinem Auge gesehen!

Charl. Großer Gott! so sind wir betrogen! (fällt auf einen Stuhl)

Obrist. (tritt auf sie zu) Wie? was fehlt dir, Lottchen! — Lottchen!

Charl. (außer sich.) Um Gotteswillen, setzen Sie nach! setzen Sie ihr nach!

Obrist. (ängstlich) Nun so sage doch! — wem?

Charl. Es war vorhin eine fremde Mannsperson hier im Saal — wir hielten ihn im Finstern für den Assessor — und er ist fort mit ihr!

Obrist. (läuft wütend auf und ab) Tod und Teufel! Mein Kind — mein Kind fort! mit einem fremden Kerl fort! — (zu Charlotten, welche weint) Ja, weine nur! weiter könnt ihr Weiber nichts, als Unglück stiften und drüber weinen.

Charl. Gott! ich meinte es so gut mit Henrietten — —

Obrist.

Ein Lustspiel. 63

Obrist. Ja die Affenmutter meints mit ihren Jungen auch gut, und zerquetscht sie in ihren Armen darüber.

Charl. Theuerster Onkel!

Obrist. Fort, mir aus den Augen Schlange! (Lotte ab) Und Sie, Herr! schaffen Sie mir mein Mädchen wieder!

Assessor. (voller Verzweiflung.) Hr. Obrister!

Obrist. Ja nun stehen Sie da, wie im Traume! wären Sie Soldat wie ich, hätten Sie Herz im Leibe, so könnt ich mich doch wenigstens mit Ihnen herumhauen, und meine Wuth in Ihrem Blute abkühlen, aber so ein Dintenklecker —

Assessor. (empfindlich) Herr Obrister! —

Obrist. Hätte ich zehn Söhne, und es wollte mir einer davon ein solcher Aktenschmierer werden, ich drehte ihm den Kopf auf den Rücken! — Sie sind ein elender Kerl, den das Dintenpulver zur Memme gemacht hat, ein Duckmäuser! der nicht einmal das Herz hat, seine schlechten Streiche bei hellem Tageslichte zu begehen, der sich um Mitternacht in die Häuser schleicht, um ehrliche Mädchen zu verführen!

Assessor. (äusserst aufgebracht) Herr Obrister! Ich bin Kavalier wie Sie! Ich habe Sie beleidigt und bin Ihnen Genugthuung schuldig — Ob ich gleich keine Quaste am Degen trage, so weiß ich ihn doch zu führen; oder wenn Sie das lieber wollen, so bin ich bereit Ihnen zu zeigen, daß ich nicht nur mit Dintenpulver, daß ich auch

mit

mit Schießpulver umzugehen weiß! — Auch Sie haben mich beleidigt, beschimpft! Auch Sie sind mir Genugthuung schuldig, und ich fodre sie hiemit von Ihnen! Aber jezt ruft mich eine wichtigere Angelegenheit; Henriette ist in Gefahr und ich muß sie zu retten suchen, sobald ich wieder zurückkomme, bin ich zu Ihrem Befehle!

Obrist. (der ihm mit zunehmenden Erstaunen zugehöret hat) Herr! Ist das Ihr Ernst?

Assessor. (mit edlem Stolze.) Wozu diese Frage? Soll das eine neue Beleidigung seyn?

Obrist. (reicht ihm die Hand) Topp Herr! Sie sollen meine Tochter haben! — (umarmt ihn) Für so brav hielt ich Sie nicht! Vergeben Sie einem gekränkten Vater! Ich habe Ihnen in der Hitze wohl viel beleidigende Dinge gesagt?

Assessor. (küßt ihm die Hand) Verzeihen Sie auch mir mein Vater! — Aber jezt will ich eilen! Jeder Augenblick Verzug kostet Henrietten vielleicht unnennbare Angst!

Obrist. Nun so machen Sie fort! wenn ich noch aufsitzen könnte, ich ritt selbst nach! — Nur hurtig! (beide ab.)

Neunter Auftritt.

Nettchen (kömmt aus Charlottens Zimmer)

Nettchen. Nun, da mag der Henker daraus klug werden! das sittsame, stille, unschuldige Henriettchen, das kein Wasser betrübte, läßt sich entführen! — Natürlich muß Sie sich haben gutwillig entführen lassen, denn ich wollte doch sehen, wer mich aus einem Hause, wo überall Menschen um einen herum sind, herausbringen sollte, wenn ich nicht selbst wollte! Aber wer sie nur in aller Welt muß entführt haben? Das ist zum Bersten! Ich als Kammermädchen vom Hause habe nicht ein Sterbenswörtgen von der Intrigue erfahren.

Zehnter Auftritt.

Nettchen, Conrad. (steckt den Kopf zur Thür herein.)

Nettchen. (dreht sich um, verdrüßlich.)

Nun, du fehlst noch! — was willst du noch so spät?

Conrad. So zeitig, mein kleiner lieber Engel, so zeitig muß Sie sprechen! denn es geht ja schon auf den lieben Morgen los. Ich wollte nur sehen, ob die Lichter alle gehörig ausgelöscht sind; denn sie muß wissen, daß ich im ganzen Hause auf Feuer und Licht

licht Achtung geben muß — Aber Sie sieht ja verdammt böse aus! — He he he! — Seh Sie mich einmal an, mein schönes Kind!

Nettchen. Ich sehe die Kalbsköpfe lieber in der Schüssel!

Conrad. He, he he! wie Sie allerliebst spaßt! Aber seh Sie mich doch nur einmal an! —

Nettchen. Nun, und wozu denn?

Conrad. Je, ich wollte nur sehen, ob Sie auf mich böse wäre? —

Nettchen. Ey, das wäre der Mühe werth.

Conrad. Nun, das ist mir doch recht sehr lieb! — Sieht Sie, ich komme eigentlich her, Ihr etwas in Vertrauen zu sagen: — Merkt Sie denn nichts?

Nettchen. Was soll ich merken? — Daß du ein Narr bist?

Conrad. Je nun, wie mans nimmt Jungfer, he he he! wie mans nimmt., — Sieht Sie ich bin in Sie verliebt, und weil die Nacht die Freundin der Verliebten ist, so wollt ichs Ihr hurtig noch sagen, ehe es vollends Tag wird.

Nettchen. Du? in mich verliebt? he he he!

Conrad (lacht auch) Nun, das dachte ich wohl, daß Sie eine Freude darüber haben würde — wenn Sie mir nun wieder ein bisgen gut seyn will, so könnten wir wohl ein Paar werden.

Nettchen. (lacht ausgelassen) Das schnackische Paar!

Conrad. Sieht Sie, ich habe 800 Thaler, von meinem Vater seliger, und mein Herr Pathe,

der

Ein Lustspiel.

der Seifensieder hier neben an sagte noch gestern erst zu mir, daß ich nunmehro alle Tage eine Frau nehmen könnte, und da könnte ich so ein Wirthshaus pachten; wenn Sie's nun werden wollte, so weiß ich gewiß, daß es mir nicht an Gästen fehlen würde; denn ich glaube, daß Sie Sich recht gut zur Wirthschaft schickt, und ich bin ihr auch nicht damm, ich! ich kann Ihr Gedrucktes lesen, wie ein Herr Magister, und auf die Woche fange ich auch an, schreiben zu lernen; mein Herr Pathe der Seifensieder hierneben an hat schon mit dem Schreibmeister geredt.

Eilfter Auftritt.

Vorige, Johann. (Kommt mit einem brennenden Lichte.)

Johann. (vor sich) Aha! — Bravo; richtig gerathen! — (bläßt hurtig das Licht aus; (laut) Mit Erlaubniß! Ich störe doch nicht? — Ich wollte nur mein Licht wieder hier anbrennen; ich hatte es eben ausgeputzt, und mein Herr möchte kommen.

Conrad. Ey ja doch! wird er nicht! wenn man mit einem so hübschen Fräulein ist, denn denkt man auch aus nach Hause kommen.

Nettchen. Bey einem so hübschen Fräulein?

Conr. Nun ja, Jungfer, weiß sie denn das nicht?

E 2   Nett-

Nettchen. Mit was für einen Fräulein? Sage doch!

Conrad. Ach Sie spaßt! wie Sie sich verstellen kann! weiß Sie denn im Ernst nichts davon?

Nettchen. Du hörst ja, daß ichs gern wissen mögte! Nur geschwind!

Conrad. Nu, wenn Sie mir ein Mäulchen verspricht — Sie ist mir ohnedem noch eins schuldig! —

Nettchen. Alles, alles, sage nur geschwind!

Conrad. Der Herr Offizier, Musje Johann da sein Herr ist vorhin mit dem Fräulein auf und davon gefahren! Ja ja, ganz gewiß, und der Hr. Assessor, zu dem ich das Briefgen tragen mußte, der hat den Wagen selbst hergebracht.

Johann. Was willst du mit deinem Assessor und deinem Briefgen? — Mein Herr kennt keinen Assessor in der ganzen Stadt — Glauben sie ihm kein Wort, Jungfer! Mein Herr ist seit Nachmittage um 2. Uhr mit keinem Fuße hier ins Haus gekommen.

Conrad. Ey ja doch! Er wird mir doch nicht meine fünf Sinnen abstreiten wollen?

Johann. Alle fünfe nun eben nicht, aber so ein stücker drey mußt du herunter handeln lassen.

Conrad. Ich muß es ja wohl wissen, ich! Ich habe ja seinen Herrn hier in den Saal herein lassen müssen. Habe ihn mit dem Fräulein in den Wagen steigen sehen, habe diese vier 4 Dukaten von ihm bekommen! — Nun muß Sie aber auch Wort halten Jungfer, und mir das Mäulchen —

Johann.

Johann. Ja, das ist auch wahr! (nimmt Nettchen und Conrad bey den Händen, und stellt sich zwischen beide) was man verspricht, muß man auch halten! Frisch Conrad! ich will dir zu deiner Forderung verhelfen. (indem Conrad Nettchen küßen will, fährt Johann zu, und küßt sie, so, daß jener Johanns Haarzopfs gerade mit dem Munde berührt) Nun, hats geschmeckt, Conrad?

Conrad. (sprudelnd mit weinerlicher Stimme) Wart er nur, Monsieur Johann! das will ich ihm gedenken! (läuft ab.)

Nettchen. (ihm nachrufend) Ey, du wirst wohl gar deinen Herrn Pathen, dem Seifensieder hier neben an klagen.

Zwölfter Auftritt.

Nettchen, Johann.

Nettchen.

Nun, was sagt er zu der schönen Geschichte?

Johann. Zu geschehenen Dingen muß man allemal das Beßte sagen.

Nettchen. Aber ich verstehe von alledem kein Wort! — Der Assessor bringt einen Wagen her, und das vermuthlich auf Fräulein Charlottens Anstiften; sein Herr fährt mit Fräulein Henrietten darinnen fort; und nun will der Assessor darüber verzweizweifeln, reitet hintennach und Fräulein Charlotte weint und seufzt, daß es ein Jammer ist!

Johann. Ach, das wird sie nur so im Spaße thun.

Nettchen. Nein, nein! sie machts so natürlich —

Johann. Eben deswegen! wenn sie es weniger natürlich machte, so wollte ich es ihr glauben, aber so — wenns drauf ankömmt, einen confuß zu machen, da seyd Ihr Mädchen alle gute Komödiantinnen.

Nettchen. (unwillig hin und hergehend) Der Herr Assessor und Fräulein Charlotte haben also die ganze Karte gemischt, und da brauchten sie mich freilich nicht dazu.

Johann. (macht es ihr nach) Und mich auch nicht.

Nettchen. (wie oben.) Einem um das zu bringen, was einem von Rechtswegen zukömmt.

Johann. (wie oben) Da hole der Henker den Dienst, wo man auf die bloße Besoldung gesetzt ist; wo es nicht auch Sporteln giebt! Und mein Herr hatte gerade jetzt solche schöne Dukaten! Da wäre ein Fang zu machen gewesen!

Nettchen. Ach, ich bin nicht eigennützig.

Johann. Ey ich auch nicht! Mir ists um die bloße Ehre! Man hat uns beyde beleidigt; wie wärs mein schönes Kind, wenn wir uns dafür rächten!?

Nettchen. Ja, wie wollen wir das anfangen?

Johann. Darüber sinn ich eben nach. Die Rache müßte so recht exemplarisch seyn, und doch auch der Beleidigung angemessen! — Wie wärs, wenn wir uns alle beide in einander verliebten, ohne unserer Herrschaft ein Wörtchen davon zu sagen?

Nettch. (lachend) Nun, weiß er was? das wollen wir beschlafen; denn wahrhaftig, ich bin recht schläfrich, und es ist schon fast heller Tag! Aber wenn ichs ja noch eingehe, so will ich mir die Entführung verbitten.

Johann. Desto besser, meine kleine Königin! wenn wir diese Weitläuftigkeiten nicht nöthig haben! Je bequemer, je lieber. (beide ab)

Dreyzehnter Auftritt.

(Anbrechender Tag.)

(Ein Platz vor einem Wirthshause an der Straße.)

Henriette (kommt ängstlich gelaufen) Carl (hinter ihr)

Henr. Wenn Sie noch einen Funken Menschenliebe haben, so bringen Sie mich zu meinem Vater zurück.

Carl. Ja doch, liebes Mädchen! das will ich ja! aber ums Himmelswillen, ängstigen Sie Sich nur nicht so sehr, es wird mir sonst mein Seel auch Angst!

Henr. (steht immer von weitem) Wenn ich nur dasmal Charlotten nicht gefolgt hätte!

Carl. Aber warum stehen Sie denn so von weitem? Sie trauen mir wohl nicht?

Henriette Nein, so recht nicht! Nach dem Streiche, den Sie mir gespielt haben! —

Carl Ja doch, liebes Kind! ich gebe es ja zu, daß es unter den vielen dummen Streichen, die ich in meinem Leben gemacht habe, gerade der aberdümmste war! aber es ist nun einmal geschehen, und bedenken Sie nur selbst: Champagner hatt ich getrunken, ich treffe ein paar Frauenzimmer im Finstern, die eine faßt mich an, die andere jagte mich mit ihr zur Thür hinaus, da mußte ich ja wohl!

Henr. Freilich wohl! aber Sie hätten sich doch sollen zu erkennen geben!

Carl. Liessen Sie mich denn zu Worte kommen? — Aber lassen Sie es gut seyn, ich bin Kavalier und Offizier.

Henr. Desto schlimmer! ich habe immer gehört, daß denen Herren nicht viel zu trauen ist.

Carl. In gewissen Punkten wohl. — Aber noch einmal, von mir haben Sie nichts zu befürchten. Denken Sie nur, liebes Mädchen, ich habe so lange bei Ihnen im Wagen gesessen, ganz allein —

Henr. Ja, da haben Sie auch geschlafen.

Carl. Das macht alles der verfluchte Champagner! — Ich will auch in meinem Leben keinen Tropfen — doch, man muß nichts verreden — Indessen hätten Sie auch wachend nichts von mir zu befürchten gehabt. Ein braver Soldat beschützt

eher

eher die Tugend eines Frauenzimmers, als daß er Angriffe auf sie wagen sollte.

Henr. (sich ihm furchtsam nähernd) Aber fahren wird nicht bald wieder zurück!

Carl. Haben Sie schon vergessen, daß etwas am Wagen zerbrochen ist?

Henr. Wir können doch nicht über eine halbe Stunde weit von der Stadt seyn, und da könnten wir ja auch zu Fuße hingehen.

Carl. Ey, ich dachte gar! Im Triumphe will ich Sie wieder an Ort und Stelle bringen! Das würde sich schicken, wenn ich mit meiner Helena zu Fuße angestochen käme! — Aber gedulden Sie Sich nur, bis die Achse wieder in Ordnung ist, die der plumpe Postillion zerbrach. Ich dächte, Sie kämen mit herein, und nähmen eine Erfrischung zu sich.

Henr. (läuft zurück) Nicht von der Stelle! hier unter freiem Himmel will ich bleiben!

Carl. Kleine Vestalin! — Bedenken Sie doch nur, was die rauhe Morgenluft für Verwüstungen in Ihren Reizen anrichten kann, und dann, wir sind hier an der Landstraße, wie leicht kann Sie nicht ein Bekannter hier in meiner Gesellschaft treffen!

Henr. Das ist wahr! — wenn ich nur dasmal aus dem verwünschten Handel heraus wäre! — Nun, meinetwegen; ich will mit ins Haus gehen, aber das sag ich Ihnen: die Wirthin muß bei uns in der Stube bleiben.

E 5   Carl.

Carl. Ja doch! Und der Wirth und Knechte und Mägde oben drein! — Aber apropos! — Es ist zwar eine Frage, die ziemlich spät kommt! — sagen Sie mir doch, liebes Mädchen, wer Sie eigentlich sind? Ich bin wohl der erste Ritter in der Welt, der den Namen seiner Schönen, die er entführte, nicht einmal weiß! — Nun liebes Kind! Ihren Namen also, wenn ich bitten darf. -

Henr. Treten Sie mir nur nicht so nahe! Ich rede ja laut genug, daß Sies dort hören können! — (Carl tritt lachend ein wenig zurück) Ich heiße, Henriette, und mein Familien Name ist von H tzig.

Carl. (aufspringend) Von Hitzig? doch nicht die Tochter des alten Obristen von Hitzig?

Henr. Ja, die bin ich!

Carl. (laut lachend) Nun wahrhaftig, so närrisch hat man es wohl in keinem Roman noch gelesen, daß ein Bruder seine eigne Schwester entführt!

Henr. (sieht ihn mit großen Augen an) Sie, mein Bruder Carl? — ach gehen Sie! — das ist gewiß wieder eine von Ihren Erfindungen!

Carl. Nein, mein liebes Jettchen, gewiß und wahrhaftig, dein leibhafter Bruder! — Oder willst du mich etwa nicht zum Bruder haben?

Henr. (mißt ihn mit den Augen) Ach! das wohl!

Carl. Du warst 6 Jahr alt, als dich unser Vater ins Fräuleinstift nach Urbach schickte, und gerade um diese Zeit enterbte er mich, und ich
gieng

gieng in die weite Welt; du mußt also jetzt 17 Jahr alt seyn; nicht wahr? Siehst du, ich weiß alles; glaubst du nun wohl, daß ich dein Bruder bin?

Henr. (sieht ihm steif ins Gesicht) Wenn ich nur recht wüßte, ob ich dir trauen dürfte? —

Carl. Du darfst, liebe Schwester, und zum Zeichen, daß du es thust, gieb mir einen Kuß! wir haben einander seit unsern Kinderjahren nicht geküßt! (sie läßt sich nach einigen Sträuben von ihm küssen, er springt mit lautem Gelächter zurück) Aha! angeführt, mein schönes Kind! aber so muß man es machen, wenn man etwas von Ihnen erlangen will!

Henr. (hält die Hände vors Gesicht) Sagte ichs nicht, das Sie mich wieder anführen würden? Aber nun fahr ich auch nicht mit Ihnen zurück! Ich bleibe hier! Mein Vater mag mich abholen lassen! (will ins Haus)

Carl (läuft ihr nach) Jettchen sey kein Kind! wenn ich dich nun auf meine Ehre versichere, daß ich dein Bruder bin! — (nimmt einige Briefe aus der Tasche) Da lies einmal die Aufschriften! — alle an mich!

Henr. Ja nun, die Namen treffen zu — aber haben Sie sie nicht etwa selbst geschrieben? denn man weiß wahrhaftig nicht, wie man mit Ihnen dran ist.

Carl. Närrisches Mädchen! denkst du, daß ich falsche Addressen bei mir führe? — willst du mir gleich glauben, oder — ich kutschire dich noch zwei Tage im Lande herum.

Henr.

Henr. Nun ja doch! ich glaube ja, daß Sie — daß du mein Bruder bist! — (vertraulich) Armer Karl! Lottchen hat mir erzählt, mein Vater hätte dich, indessen ich in der Kostschule gewesen bin, verstoßen und enterbt; wir haben dich alle beide recht bedauert! —

Carl. Lottchen! — Ist das nicht das junge Frauenzimmer, das bei meinem Vater ist? — Sie hat also wohl recht viel Antheil an meinem Schicksal genommen.

Henr. O ja, das hat sie! Aber willst du denn mit zu unserm Vater? Er wird dich schön anlassen; denn ich glaube, er ist immer noch böse auf dich.

Carl. Mag er! vielleicht wird er wieder gut, wenn ich mich ihm zeige — und du wirst doch ein gutes Wörtchen für mich einlegen?

Henr. Von Herzen lieber Bruder! — (seufzend) wenns nur was hilft!

Carl. Je nun, wenns nicht hilft, so kanns auch nicht schaden. Nimmt er mich wieder an, gut! will er nicht, auch gut! Hab ich 11 Jahre ohne ihn gelebt, so werd ich auch noch weiter fortkommen. — Jetzt komm mit hinein, unser Wagen wird bald fertig seyn. (faßt sie an, sie guckt ihm noch einmal recht scharf in die Augen) Nun? Ich glaube, du trauest mir noch nicht? Komm nur mit; bilde dir ein, ich wäre dein Assessor —

Henr. (verschämt) Mein Assessor?

Carl.

Ein Lustspiel.

Carl. Ja, ja! — Siehst du, auch das weiß ich! — Nicht wahr, wenns dein Assessor wäre, du würdest dich gar nicht sperren mitzugehen.

Henr. Je nun, wenns der Assessor wäre? Dann — (gehen ab)

Vierter

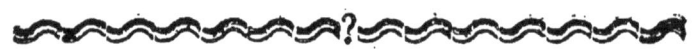

Vierter Aufzug.

(Saal im Wirthshause.)

Erster Auftritt.

Johann (kömmt hereingeschlichen und sieht sich um.)

Johann.

Sie schläft wohl noch? — Nun bei meiner Seele, so ist mirs doch in meinem Leben nicht gegangen! Die Liebe jagt und peitscht mich herum, wie der Junge einen Brunnentriesel! — Ich war so schläfrig, als ich mich hinlegte, und habe doch nicht schlafen können. Nun Vetter Amir, ich gratuliere! du hast einen alten Fuchs gefangen! — Ich bin doch in meinem Leben viel mit Mädchen umgegangen, aber so toll hat mirs noch keine gemacht! Und meinem Herrn muß es auch gar verwünscht mitgespielt haben, daß er's gar bis zur Entführung gebracht hat! Je nun, es ist mir doch wenigstens lieb, daß wir beide zu einer Zeit sind erwischt worden; denn was dem

Herrn

Ein Lustspiel.

Herrn recht ist, das ist doch dem Bedienten billig — ah da kömmt ja meine Göttin! (geht auf Nettchen los.)

Zweyter Auftritt.

Johann, Nettchen und zugleich Charlotte (aus ihrem Zimmer.)

Charlotte.

Nun hat sich noch niemand wieder sehen lassen?

Nettchen. Keine Seele! — Was wetten Sie, gnädiges Fräulein, ich weiß, wer Henrietten entführt hat, ob Sie mir gleich ein Geheimniß daraus machen?

Charl. Du bist spashaft mit deinem Geheimnisse!

Nettch. Ja, der Offizier der hier im Hause wohnt! — Ist wohl eine alte Bekanntschaft aus der Kostschule her?

Charl. Der Offizier hier im Hause?

Nettch. Ja ja, der Offizier hier im Hause! Ich hab es von Konraden, der weiß alles!

Charl. Und was weiß er denn? Daß du eine Närrin bist?

Nettch. (empfindlich) Da wüßte er mehr, als ich.

Johann.

Johann (tritt mit einem Bückling hervor) Mein gnädiges Fräulein! ich habe die Ehre, mich Ihnen hiemit als den getreuen Sancho Pansa dieses ehrenvesten Ritters vorzustellen, der aber inzwischen, daß muß ich Ihnen voraus sagen, nichts gewisses weiß, als was er vom Hörensagen hat, der aber aus verschiedenen Umständen schließt, daß —

Charl. Nun, daß? —

Johann. Daß sich die Sache so verhält! — Lassen Sie sich erzählen, gnädiges Fräulein! — Mein Herr kam gestern früh nach Hause: Höre Johann, sagte er zu mir, ich habe dir da unten am Fenster ein Mädchen gesehen, ein Mädchen, wie ein Engel.

Charl. (schnell) Er irrt sich mein Freund! das war Henriette nicht, die er sah.

Nettchen (vor sich) So? wieder was Neues? also ist sie es wohl selbst gewesen.

Johann. (fortfahrend) Kurz, mein Herr war in einer Laune, wie ich ihn in meinem Leben nicht gesehen habe; Sie können sich das leicht vorstellen, gnädiges Fräulein! denn er aß und trank nicht. — Nun ist er noch nicht wieder nach Hause, das ist zwar so etwas besonders nicht, denn er kommt mehrmals erst um Mittag zurück. — Aber doch fehlt ein Frauenzimmer hier im Hause, und Conrad behauptet, er habe ihn mit einer Dame in den Wagen steigen sehn.

Charlotte. Das ist freilich alles sehr wahrscheinlich —

Johann.

Johann. Aber laſſen Sie ſich nicht leid ſeyn, gnädiges Fräulein, mein Herr kommt gewiß bald wieder; ſeine Liebſchaften währen immer nicht lange; in dem Punkte kenne ich ihn recht gut.

Nettchen. Eine ſchöne Empfehlung! wahrhaftig! wenn es nach der Regel geht, Johann, wie der Herr, ſo der Knecht —

Johann. O, jede Regel hat ihre Ausnahme, mein ſchönes Kind!

Charlotte. Hat ſein Herr ſchon viel ſolche Liebſchaften gehabt?

Johann. Wie Sand am Meere, gnädiges Fräulein, oft drey bis viere auf einmal! er konnte manchmal nicht herumkommen! — Aber entführt hat er, ſoviel ich weiß, noch keine. Ich weiß auch nicht, was ihm diesmal eingefallen iſt; er müßte es nur ſo zum Spaße gethan haben.

Nettchen. Ein ſchöner Spaß, wahrhaftig!

Johann. Ja, jeder hat nun ſo ſeine eigne Art, Spaß zu machen. Mein Herr zum Exempel, iſt manchmal ſehr ſpaßhaft! ſo will ich Ihnen zum Zeitvertreibe eine von ſeinen Geſchichtgen erzählen — (man hört den Obriſten hinter der Scene reden)

Charlotte. Da kömmt der Onkel — dem muß ich aus dem Wege gehen (eilt ab)

Nettchen. Ich habe auch nicht Luſt ihm in den Weg zu kommen.

Johann. Und ich will ihm mein Compliment zu einer bequemern Zeit machen. (gehen ab.)

Dritter Auftritt.

Obrist. (sieht nach der Uhr) Schon bald 8 Uhr, und der Assessor ist noch nicht zurück! wo nur der Knauser bleibt. — Es ist doch mein Seel wahr, die verdammten Stubenhocker sind in solchen Fällen zu nichts nütze! Ich wollte eine halbe Compagnie Deserteurs in der Zeit zusammengehascht haben! wenn mir nur der steife Schenkel da das Reiten nicht so sauer machte; ich glaube, ich ritte noch nach! — wenn wir ihr nicht auf die Spur kämen, und ich wär auf die Art um beide Kinder! — das thut weh alter Soldat! um beide Kinder! — Und durch meine eigne Schuld! hätte ich nicht so superklug seyn wollen, hätte ich den Assessor mit ihr zum Henker gehen lassen, so wär alles gut! Charlotte hatte die Sache so gut eingefädelt! toll möchte ich werden! — Und um meinen Carl hab ich mich auch gebracht! — ich enterbte ihn, und weswegen denn? weil er eben so dumme Streiche machte, als ich selbst, da ich in seinen Jahren war!

Vierter Auftritt.

Obrist. Ewald.

Ewald. Nehmen Sie's nicht übel, Hr. Kamrad, ich suche einen Offizier, der hier im Hause wohnen soll, und da hat man mich zu Ihnen gewiesen, aber ich komme wohl unrecht?

Obrist.

Ein Lustspiel.

Obrist. Und wer soll der Offizier seyn?

Ewald. Der Lieutenant von Hitzig?

Obrist. (erstaunt) Hitzig? — Und der Lieutenant von Hitzig! — er irrt sich wohl.

Ewald. Nein, nein, ich werde doch nicht! — Ich habe ja den Namen hunderttausendmal ausgesprochen.

Obrist. (vor sich) Das muß mein Sohn seyn! ganz gewiß! — Aber ich muß an mich halten, muß mehr zu erfahren suchen (klingelt, ein Bedienter kommt) bring uns ein Frühstück! Setz er sich nieder, Kamrad! es ist mir lieb, daß er da ist; ich mache eben Grillen, und er soll mir sie vertreiben helfen.

Ewald. Je nun, meinetwegen! — Sie wissen ja wohl, Hr. Kamrad, so etwas schlagen wir alten Soldaten niemals ab. (setzt sich, ein Bedienter bringt Wein)

Obrist. (schenkt ein und stößt an) Nun es leben alle brave Soldaten!

Ewald. Von Herzen! — da ist mein Carl auch mit dabey! Sie haben doch wohl von der Affaire gehört, da bey Ihldorf, wo ein Corps von 96 Mann ein ganzes Regiment schwere Cavallerie in die Pfanne haute?

Obrist. Das hab ich!

Ewald. (in einer Art von Begeisterung) Das war mein Carl, der das that! Und das hat ihn auch zum Hauptmann gemacht! (zieht einen Brief aus der Tasche) Gestern früh kam die Ordre, und da gab mir der Major Lohbach diesen

Brief an ihn mit, denn er ist seit 10 Tagen hier auf Urlaub. — Da sehen Sie!

Obrist. (liest die Addresse) „An meinen lieben Hauptmann Carl von Hitzig" (vor sich) bei meiner Ehre, der ganze Namen meines Sohnes! — (sucht seine Ueberraschung zu verbergen) Er kennt also Carln recht genau, Kamrad?

Ewald. Ob ich ihn kenne? wie meinen Sohn, und ich habe ihn auch eben so lieb! — Sehen Sie, es geht nun aufs eilfte Jahr los, daß er zum Regiment kam; der verstorbene Major Dolmenhorst nahm ihn ins Haus, und weil ich immer beim Major war, so wurden Carl und ich gar bald die besten Freunde; ich lehrte ihn exerciren, marschiren, und alles, was zum Dienste gehört, und er hatte mich immer gern um sich; wir waren ein Leib und eine Seele; und drum nenn ich ihn auch immer noch meinen Carl; und wenn er General würde, ich glaube, ich könnt ihn nicht anders nennen!

Obrist. Aber ich habe immer von ihm gehört, daß er ein lüderlicher Mensch war? Ein ungerathener Sohn, der seinen alten Vater —

Ewald (hastig) Herr Kamrad! wenn Sie haben wollen, daß ich noch ein Glas Wein mit Ihnen trinken soll, so reden Sie mir nichts von seinem Vater vor! das ist ein alter Esel, der keinen solchen Sohn verdient. (Obrist springt auf, und stampft mit dem Fuße, faßt sich aber gleich wieder) Was fehlt Ihnen, Hr. Kamrad?

Obrist. Nichts, nichts! Es stach mich hier! —

Ewald.

Ewald. Um ein paar luſtiger Jugendſtreiche willen hat ihn der alte Krückenſtößer enterbt! — Du lieber Himmel! man weiß ja wohl, wie junge Leute ſind, und wer in ſeiner Jugend keine dumme Streiche machen kann, pfleg ich immer zu ſagen, der bringt in ſeinem Alter keine geſcheuten zu Markte, und wenn er ſich auf den Kopf ſetzte.

Obriſt (etwas bewegt) Alſo iſt Carl wirklich kein ungerathener —

Ewald (fällt ihm ins Wort) Wer Ihnen das geſagt hat, der iſt ein — ich weiß ſelbſt nicht was! — (indem er das Glas nimmt) Sehen Sie, der Wein da, ſoll zu Gift werden, wenn Carl einen einzigen Tropfen ſchlechtes Blut im ganzen Leibe hat. Leichtfertig und luſtig iſt er trotz einem bei der Armee, aber der braveſte, ſcharmanteſte Offizier auf Gottes Erdboden! — Er ſoll leben.

Obriſt. (wiſcht ſich die Augen) Das ſoll er! (ſtößt an)

Ewald. Ich will Ihnen gleich ein Stückgen von ihm erzählen, Hr. Kamrad! Der alte Major Dolmenhorſt vermachte ihm ſein ganzes Vermögen, denn er hatte weder Kind noch Kegel, als er ſtarb. Es war ein ſchönes Klümpchen Gold, 25,000 Thaler glaub ich. Da hätten Sie die Luſt ſehen ſollen, wie Carl mit den alten Thalern herum ſprang. Das gieng alle Tage herrlich und in Freuden! da floß der Burgunder und Champagner! Und einige von ſeinen Herren Kammeraden, die wußten ſich das Ding vortreflich zu Nutze zu machen: da mußte der eine Pferde kaufen, der andere ſeine Uhr einlöſen, der dritte hatte 50 Thaler auf sein Ehrenwort verloren, und Carl mußte vorspannen. — „Sobald ich meinen Wechsel kriege, sollst du es wieder haben, Herr Bruder!" — Ja, hat sich was! die Wechsel sollen noch kommen! — Ich sagte wohl manchmal, Karlchen, liebes Karlchen, Sie müssen nicht so gutwillig seyn! das heißt sein Geld wegwerfen, und die Herren lachen Sie noch oben drein ins Fäustgen hinein aus! — Aber wissen Sie, was er mir zur Antwort gab? Ewald, sagte er, wenn du mir etwas sagst, was den Dienst angeht, so glaube ich dir blindlings, aber in meine Geldaffairen mische dich nicht! wenn es schlechte Kerls unter meinen Kameraden giebt, kann ich dafür? — Und sollte ich deswegen dem Rechtschaffenen nicht aus der Noth helfen?

Obrist. (mit Wärme) Ein braver Junge, bei Gott!

Ewald. Hören Sie nur erst weiter! Nun kam der Krieg, und da giengs noch bunter! Sein Zelt war wie ein Gasthof: Offizier und Bursche waren ihm gleich, er traktirte alles, was trinken konnte und wollte, und das ganze Regiment trug ihn auf den Händen. Kurz, wie der liebe Gott den Schaden besah, waren wir in viertehalb Jahren mit dem ganzen Gelde fertig, bis auf 6000 Thaler, die ich noch, ohne daß er ein Wort davon wußte, bei einem reichen Kaufmann auf Interessen gegeben hatte. Sie wissen, daß der Feind kurz vor dem Frieden das Dorf Grünbach in Brand gesteckt hatte. Ein paar Tage nachher marschirten wir da vorbei: und

Herr Kamerad, das war ein trauriger Anblick! die Schuthaufen rauchten noch, alle Einwohner waren wie betäubt; die Weiber und Kinder lagen an der Straße und jammerten, daß es einem in die Seele drang! „Ewald, sagte Karl zu mir, jezt thut mirs in meinem Leben zum erstenmale leid, daß ich mein Geld so lüderlich verschludert habe! was das für eine Wollust wäre, den armen Leuten zu helfen!" — „Die könnten Sie sich noch wohl verschaffen!" sagte ich. „Ich? du schwärmst! womit denn?" — Nun hätten Sie die Freude sehen sollen, Herr Kamerad, da ich sagte, daß er noch 6000 Thaler hätte, er fiel mir um den Hals, herzte und küßte mich, nannte mich seinen lieben Schatzmeister, seinen Ewald, und was weiß ich, was er mir noch für Namen gab! Ich mußte sogleich mein Pferd satteln, das Geld holen, und er schoß der Gemeinde die ganzen 6000 Thaler ohne Interessen vor, daß sie wieder aufbauen konnten.

Obrist. (im äußersten Affekt) Das that Carl?

Ewald. Ja, das that er! Und wer weiß, wenn er das Geld wieder bekommt, denn die armen Leute waren so grausam mitgenommen, daß sie sich vielleicht sobald nicht wieder erholen werden.

Obrist. (springt auf, für sich) Und einen solchen Sohn konnte ich so unväterlich behandeln?

Fünfter Auftritt.

Vorige, Assessor (tritt verzweiflungsvoll herein.

Assessor. Nirgends, nirgends eine Spur! Ich habe in den Thoren nachgefragt, habe alle Vorbeygehende angehalten, bin bald auf die, bald auf jene Straße gesprengt, und niemand konnte mir Nachricht geben! Sie müssen sich etwa noch in der Stadt aufhalten.

Obrist. Nun, nun, wir werden sie schon noch wieder bekommen! — Jetzt habe ich etwas wichtigers vor! (klingelt.)

Assessor. (erstaunt) Etwas wichtigers, als das Wohl Ihrer Tochter? (ein Bedienter kommt)

Obrist. (zum Bedienten) Erkundige dich geschwind, ob ein Offizier hier im Hause wohnt, und sage ihm, ich ließ ihn bitten, auf ein paar Worte zu mir zu kommen.

Sechster Auftritt.

Vorige, Charlotte, (welche Henrietten bringt, Carl, der im Hintergrunde stehen bleibt, Nettchen, Johann.

Charlotte. Lieber Onkel, da ist Henriette!
Henriette. (fällt ihrem Vater zu Füßen) Verzeihung, mein Vater!
         Obrist.

Obrist. Ey, du Wetterhexe! mit dem Stocke sollt ich dich eigentlich empfangen! du bist der Angst nicht werth, die du mir gemacht hast! Steh auf!

Henr. Mein theuerster Vater! Sie müssen nicht allein mir, Sie müssen auch meinem Entführer verzeihen!

Obrist. Bist du toll, Mädchen?

Henr. O ja! Sie müssen auch ihm verzeihen! Komm, lieber Bruder, hilf mir bitten!

Obrist. Lieber Bruder? was?

Carl. (stürzt sich hervor und neben Henrietten nieder.) Kennen Sie mich noch mein Vater?

Obrist. (sinkt ihm in die Arme.) Ob ich dich kenne? das sollte ich dich fragen! dich, ob du mich noch für deinen Vater erkennst! Ich bin hart mit dir umgegangen, Carl! (hebt beide auf)

Carl. Machen Sie sich keine Vorwürfe, mein Vater! Ich verdiente Ihre Härte! wenn Sie mich nur wieder aufnehmen.

Obrist. Am Ende rechnest du mir wohl gar das zum Verdienst an? — mein Seel, Junge! ich habe dich nicht väterlich behandelt! — nenne mich einen Rabenvater, ein filziges, hartherziges Ungeheuer! Sag mirs ins Gesicht, daß ich einen solchen Sohn, wie du bist, nicht verdiene! — Der ehrliche Mann da hat mirs auch gesagt; aber nur keinen Groll weiter, Herzensjunge! hörst du? nur keinen Groll weiter!

Ewald. Aber sagen Sie mir nur, ob ich träume, oder wache? Sind Sie denn wirklich der Obrist von Hitzig?

Obrist.

Obrist. Ja wohl, alter Kriegskamrad! Mit Leib und Seele! Siehst du's denn nicht an meiner Freude?

Ewald. Daß dich das Donnerwetter! da hab ich vorhin einen schönen Streich gemacht! Nehmen Sie mir's nicht übel, es entfuhr mir so in der Hitze. Alte Leute vergessen sich manchmal, wenn sie ins Plaudern kommen, und ich war vorhin so böse, daß ich wohl, wer weiß was gesagt hätte.

Obrist. (giebt ihm die Hand) Hat nichts zu bedeuten! Wahrheit ist gut Ding! — Aber Carl, du weißt wohl noch gar nicht, daß du avancirt bist? Siehst du, das weiß ich!

Ewald. Ja, es ist auch wahr, Ueber der Freude hätt ich bald vergessen! — (giebt Carln den Brief) Hier, Herr Hauptmann! —

Carl. (umarmt Ewald) Herzlich willkommen, alter Junge! — Aber ich Hauptmann? wie komm ich denn dazu?

Ewald. Ja ja, lesen Sie nur, und gleich die Compagnie dazu, und das von Rechtswegen.

Charlotte. Lieber Onkel, das ist wirklich Ihr Sohn?

Obrist. Ich glaube, du zweifelst noch daran? — wenn ich glaube, daß es mein Sohn ist, so kannst du es, dächt ich, auch glauben.

Carl. (nachdem er gelesen) Der Monarch ist sehr gnädig gegen mich!

Ewald. Nun, mein Seel! wenn Sie das Gnade nennen, so möchte ich wissen, wie Sie das heißen

ßen, wenn ein Milchbart, der etwa einen Pathen am Hofe hat, gleich als Offizier in volle Gage einrückt?

Obrist. Also, du warst's, der mit Henrietten davon lief? — auf meine Ehre, der komischste Zufall von der Welt! Indessen kann das dem Mädchen nicht so ungenossen hingehen, gestraft muß sie werden! —

Alle. (drängen sich zu ihm in bittender Stellung) Lieber Herr Obrister! Liebster Vater!

Obrist. (hebt lachend die Hände in die Höhe) Nun! nun! ist das nicht eine Noth!

Henr. (ihm die Hand küssend) Ich wills nicht mehr thun, lieber Papa!

Obrist. Ey, das will ich mir auch ausbitten! man stößt nicht allemal auf Brüder! — (stößt sie zum Assessor hin) Nun, da! du mögtest mir etwa auf den Abend wieder mit ihm davon laufen wollen.

Carl. Lieber Assessor, ich hatte Ihnen da wohl einen garstigen Strich durch die Rechnung gemacht. Sie verzeihen mir doch?

Assessor (umarmt ihn) Von Herzen, da sie am Ende doch noch so gut zutrift!

Carl. (zu Charlotten) Kennen Sie diese Rose noch, meine schöne Charlotte?

Charlotte. (schalkhaft) Leider ja! Mich dünkt aber doch, sie ist diese Nacht ein wenig verblichen!

Obrist.

Obrist. Was Teufel! Ihr seyd schon so bekannt mit einander?

Carl. O ich habe dem gnädigen Fräulein schon gestern hier im Saale meine Aufwartung gemacht.

Charlotte. (wie oben) Müssen Sie denn das gleich sagen?

Obrist. Nun das ist mir eine schöne Wirthschaft! Ich denke, ich habe ein paar Vestallinnen an Euch, und ehe ich michs versehe, will die Eine mit ihrem Galan davon laufen, und die andere läßt sich ihre Kerls auf die Stube kommen! was gilts, Nettchen hat auch schon ihren Liebhaber?

Johann (tritt mit einen Bückling hervor) Ihro Gnaden ganz unterthänigst aufzuwarten!

Nettchen. Ach, wir sind noch nicht so weit!

Obrist. Nun Lottchen, was sagst du zu dem Jungen? Glaubst du, daß er die Schutzreden werth ist, die du ihm unbekannterweise immer gehalten hast? — wie, wenn du ihn so ein wenig in die Zucht nähmst! Ich dächte, du solltest etwas aus ihm machen können, denn du sprichst ja selbst, daß er kein böses Herz hat.

Ewald. Und da hat das gnädige Fräulein auch bei meiner armen Seele sehr vernünftig gesprochen. Leichtfertige Streiche hat er in seinem Leben genug gemacht, hat manchen Thaler Geld durchgebracht — lieber Herzens Carl, nehmen Sie mir das nicht übel, aber ich kanns hohl mich der Teufel nicht anders sagen, denn der Wahrheit muß man Ehre geben — aber bei dem allen ist er der bravste, ehr-

lichste

Ein Luſtſpiel.

lichſte, rechtſchaffenſte Kerl bei der ganzen Armee! Ich wollte, Sie kennten ihn ſo gut, als ich!

Charlotte. Auf ſeine Gefahr ehrlicher Alter möchte ichs beinahe verſuchen (giebt Carln die Hand.)

Ewald. (vertraulich) So recht, greifen Sie zu, liebes Fräulein! Er iſt ſchon Hauptmann, und es müßte nicht von rechten Dingen zugehen, wenn Sie nicht in 10 Jahren Frau Obriſtin würden!

Obriſt. Bravo! Nun kommt, Kinder! wir wollen Anſtalt zum Mittageſſen machen! Mich hungert abſcheulich! — Und Ihr ſeht mir eben auch nicht aus, als ob Ihr von der bloßen Liebe leben wolltet.

E N D E.